新 潮 文 庫

対談 美酒について

――人はなぜ酒を語るか――

開 高　健
吉行淳之介 著

新 潮 社 版

3514

まえがき

吉行淳之介

『対談』というものは沢山してきたが、一つのテーマを一人の相手と話し合って一冊の本にするというのは初めての体験である。『サントリー博物館文庫』のうちの一巻として、酒をテーマに対談してほしい、とサントリー広報室から申し込みを受けたときには、いささか躊躇《ため》らった。

しかし、その相手というのは、博学多識、機知縦横、美味求真にして鯨飲馬食、「もっと遠く！」、「もっと広く！」、「オーパ！」ともっと大声で叫べという、かの「開高健」だと聞いて、承諾する気になった。

委《まか》せておけばなんとかなる、とおもったわけであり、MANZAIのビート・きよしの役を私が引受けることにすれば取り合せが良いとおもったことでもある（この方面に暗い人のために説明すると、一九八二年ころの人気漫才コンビ、ツービートが舞台に立つと、たけしが喋《しゃべ》り、きよしは相槌《あいづち》を打ってウナズクだけであって、そのパターンも観客に受けているのである)。

対談は数ヵ月に一度というペースで三回にわたっておこなわれたが、たしかになんとかなった。自画自讃すれば、なかなかおもしろいものになった。とにかく、本文を読んでください。

目次

解説　井尻千男
カット　和田誠

対談 美酒について

——人はなぜ酒を語るか——

第一夜——美酒、口に入れば……

■デスクサイド

一九八一年。梅雨の気配が色濃い六月中旬の宵。赤坂のT料亭。『夕暮まで』の作家・吉行淳之介氏と『ロマネ・コンティ・一九三五年』の作家・開高健氏との対話「美酒について」がスタートする。先に到着しておられた開高氏が、ほどなく現われた吉行淳之介氏をお迎えする。身辺のこと、体調のこと、気分のこと、酒量のこと、そしてこの対談のこと……。軽い話題で、ソフトなジャブの応酬かと思いきや、一転してことばの輪郭が見えはじめ、対話のリズムは一気に上昇曲線を描いている。

開高氏の対談集『黄昏《たそがれ》の一杯』で、お二人はすでにサラリと酒を語っておられるが、今回はいわば初の長編対談である。編集部の魂胆は当代随一といわれる話芸の名手をお招きし、美酒をめぐる枯淡と濃艶を存分に語っていただき、男たちの悦楽の遁走曲《フーガ》としたいのである。

さて——。

南米の酒は珍名奇名

開高　大兄、近ごろ健康はどうですか。
吉行　まあまあですね。
開高　歯は？
吉行　歯は昔からダメ、あなたの聞きたいところはあとでゆっくり……（笑）。梅雨に入ってね、今日もあまりよくなかったけど、対談はできるっていう感じだったんで、これに集中するために昼寝していたよ。
開高　アジア・モンスーン地帯というのは、湿気がしんどいですね、内側にムーッとこもっちゃってね。
吉行　これいけないね。
開高　アフリカのナイジェリアいうところへ戦争見に行ったら、ここは湿度一〇〇パーセントと言われててね、湿度一〇〇パーセントってどういうことなのか、正確にはわからないんだけど、要するに手握って開くと、掌《てのひら》にピチャピチャ水雫《しずく》がついているというくらいの湿気やというの。
吉行　すごいね。
開高　ここにいるときは鬱陶《うっとう》しかったな。
吉行　アフリカにそういうところがあるのかな。
開高　あるある。東南アジアも、べとりーっ、どんよりーっ、ねばねばーっ。
吉行　いちどバンコクへ行ったことがあるけど、すごかった。
開高　ちょっと、この、ぴりっとしたの、先に飲まして下さいね。
吉行　僕はビール一杯飲みたい。それも品のいい小さいグラスじゃなくて、普通のコップぐらいの大きさので。ドイツワインの冷えたのもあるよ。シェリーも。
開高　ドライのがある？　そんならそいつを大きなコップで、がぶがぶ飲みますから、持って来てください。この間、ペルーへ行ったときにピスコというのを飲まなかった？　ブランデーになる前のブドウの焼酎《しょうちゅう》のようなもの。
吉行　あれは、ブドウの焼酎か。フランスにマールというブドウの搾《しぼ》り粕《かす》からつくる焼酎のようなのがあるね。
開高　それに近いものです。
吉行　ピスコの方は、色は白かったよ。

開高　そうです。焼酎だから寝かせてない。樽《たる》に寝かすと色がついてきますが。
吉行　イタリアへ行ったときにグラッパというのを飲んだ。同じようなものだね。
開高　第二次大戦中から大戦後にかけてのわが国のカストリね。あのカストリに類するものがグラッパ。
吉行　でもかなりいいもんだったよ。
開高　それは寝かせて落ち着いてきたから。ピスコの七十年から八十年寝かせたという、瓶が封蠟《ふうろう》で栓がしてあって、古風なんですが、どろどろに汚れた瓶を一瓶もらいましてね。この間、開けてみたらいい匂《にお》いがしたな。ちょっと淡い緑色になって、馬のしょんべんみたいな色しているんだけど。
吉行　緑色……。
開高　浅緑色です。
吉行　色もいいね。
開高　瓶のなかへ詰めると蒸留酒はまずくなりこそすれ、あまりよくならないんですが、樽やら甕《かめ》に詰めると変わります。だけどそのピスコの七十年ものは部屋中プンプンいい匂いがしました。
吉行　それは大したものだ。

開高　ブラジルのはピンガというの。これは原料がサトウキビ。サトウキビで砂糖とると、糖蜜《とうみつ》ができますね。糖蜜を発酵させ蒸留させて、樽に詰めてできたのがラム。だけどこのピンガというのは、サトウキビの絞り汁をそのまま、砂糖にしないで発酵させて蒸留するの。アマゾンの奥地なんかでは、お米だとか服だとかシャツだとか靴だとか釣針とか糸を積み込んだ交易船というのがやって来ると、ワニの皮だとか、ピューマの皮だとか、生ゴムの玉だとかを渡して物々交換ですわな。そのときにいちばん下に積んであるピンガを買えというわけ。波でよく揺られていてうまくなってると。

昔、遠州灘《なだ》で嵐に会《お》うた船が品川へ着くと、遠州灘でよくもまれたから灘の日本酒の値段がちょっと高くなった、それと同じ理屈ですな。田舎の雑貨屋へ行ってピンガ買うときは、家の隅っこにあるハエの糞《ふん》だらけの汚ならしい瓶を買え、すると酒が練れてうまいと言うんですがね。

吉行　ワインは揺れるといけないと言うね。だから、フランスから届いたワインはセトルするまで時間がかかる。その逆なんだな。

開高　このピンガでえらい失敗しました。ブラジルはポルトガル語でしょ。ほかの南米諸国はスペイン語。ポルトガル語とスペイン語は同じみたいなもので、四国のやつが九州へ行ったぐらいの違いにすぎない。ポルトガル語を喋《しゃべ》るやつは、スペイン語知らなくても通訳はいらないと言われてんの。
私はその伝でいいんだろうと思って、ベネズエラのカラカスのバーへ入って行って、「おい、おっさんピンガくれ」。それくらいのポルトガル語はブラジルにいたから私にもできる。そうしたらそこらにいるやつらがゲラゲラ笑い出しやがってね。ニコニコニコニコして肩叩《たた》くのよ。スペイン語で喋るんで、よくわからないけども、要するにピンガというのは魔羅《マラ》のことであると。それも黒人のより抜きの大きな魔羅のことをピンガと言うんだ。中ぐらいのをピンチョ、いちばん小さいのをピコと言うんだって。

吉行　それで非常に歓迎されたわけだね。

開高　おおいに愛されちゃってね、今度から気をつけろと言うんですがね。

吉行　文化的だね。ちゃんと……。

開高　大中小ちゃんとありましてな。ピンガ、ピンチョ、ピコと三段階ある。

吉行　ピコっていかにも悪そうだな。

開高　まあ聞きなさい。それで私は流れ流れてチリまで行った。サンチャゴの魚料理店へ入ったら、〝狂ったチンポ〟と書いたメニューがあるの、ピコ・ロコと言うの。

ロコというのは狂ったとか馬鹿《ばか》とか、クレージーという意味ね。それでピコ・ロコ、〝狂ったチンポ〟というのはなんだと言ったら、「シーッ、小さな声で言うて下さい」と。貝ですな。貝のくせにカニの味がして、頭の先のほうに貝の殻をつけている。

吉行　ちゃんと形態が合ってるね。

開高　見ればちょっと似てるの。これをマリネーしましてな、白ブドウ酒などで召し上がるんです。さて、ピンガを夏の暑い晩に、レモンを絞り込んで、お砂糖をちょっと入れて、冷やして飲む。これが〝田舎の小娘〟という名前のカクテル。

吉行　いいね。

開高　カイピリーニャって言うんです。なんで焼酎のレモン割りが、田舎の小娘って言うのかというと、口当たりがよくて、あっさりとして、素朴でいいが、いつまでもくっついて離れないという意味じゃなかろうかと邪推しているんですがね、私は。

吉行　わらべはみたり野中のバラ。

開高　そういうこと、そういうこと。

吉行　ゲーテはその女をすぐに捨てたんだ。

開高　酒のほうはくっついてくるんじゃない？　二日酔い、三日酔いで。焼酎のレモン割りに砂糖をちょっと入れたのが、なんで田舎の小娘と言わなきゃならないんだ、名前の由来はと、だれに聞いてもわからんと言う。それで勝手に邪推してるんですがね。

吉行　君の深読みじゃないかね。焼酎っていうのは、ちょっと田舎風だよね。そこでレモンによって楚々《そそ》とすると。

開高　そして砂糖で甘くなる。

吉行　それだけのこっちゃないの。

開高　だけど砂糖入れた酒は、二日酔いになるとダメージがきついでしょう。

吉行　そこまで考えなくてもいいんじゃないの。

開高　いや考えちゃった、こじれたときが難しいという意味じゃなかろうかと。

吉行　都会の小娘だって同じことだろう（笑）。

開高　どんな大ホテルでも、レストランや食堂でも、お飲み物はなににしますかと聞かれて、〝田舎の小娘〟出せと言ったら、もう相好崩して持ってくる。お国自慢なんだ。

吉行　そういうことは大切だね。

ブラディ・マリーは恐妻家の発明

開高　いつかトマトジュースをビールで割るという妙なカクテルを飲んでましたな。
吉行　〝レッド・アイ〟というんだよ。いまでも飲んでる。二次会でね。
開高　なんか功徳《くどく》ありますか。
吉行　楽というだけのことでね。
開高　口当たりがいい？
吉行　口当たりもいいし、やっぱりバーへ行っているんだから、アルコールのないものは飲みたくないしね。あれはあなたに言ったと思うけど、アメリカではやっているんだよ。
開高　そうらしいね。そのアメリカの流行なんだけれども、トマトジュースにウオツカを入れたのを、〝血まみれマリー〟（ブラディ・マリー）と言うでしょう。
吉行　これは昔からね。
開高　あれは私想像するのに、恐妻家の発明やないかと。かりにですよ、あくまでもかりに、ここにサイモン・ミウーラという名前の人物がいたとしましょうか。夫婦こぞってクリスチャンで、カトリック。

吉行　サイモン・ミウーラね（笑）。

開高　奥さんはぜんぜん飲まないで、コチコチのカトリック。亭主のほうはいくらか話ができる程度には酒をする。カナリヤが飲む程度には飲む。これがしばしば悪友と付き合うものだから二日酔いになる。二日酔いにはおまえ強い酒を飲むといいんだよ、迎え酒だよというようなことを言われて、そのとおり信じる。それで台所へ入って行って飲む。だけど琥珀《こはくいろ》色のものを持っていると奥さんが入ってきて、またあんた飲んでるわねと言われる。あぶくの立つのを持ってると、またビア飲んでるわね、とこう言われるんで、しょうことなしに透明なウオツカをトマトジュースに放り込んで、ウースターソースだのコショーだのなんだのと、台所にあり合わせのものを放り込んで……。そうやってサイモン・ミウーラは、あのレントゲンのように厳しい奥さんの目をくぐり抜けてトロンとなれる。

そして日曜日、サイモン・ミウーラ氏は、こともあろうに教会から出てきて飲み仲間みんなに、おい、トマトジュースにウオツカ放り込んで飲んだら、二日酔いの治療法にピッタンコやし、かあちゃんにかぎつけられへんでぇ、うまいことといくでぇというふうなことを広めて回る。それが恐妻家の国、あのアメリカで猖獗《しょうけつ》を見て、日本、ヨーロッパ、全世界的にいま流布《るふ》しつつありますのがブラディ・マリーという飲み物。あそこに放り込むものは全部サイモン・ミウーラの台所にあるやつばかり。トマトジュース、ウォツカにコショー、お塩、ウースターソースとくらあ。

吉行　タバスコ、パプリカね。

開高　それが奇妙にうまいという。

吉行　不思議なものね。

開高　トマトジュースとウォツカの結婚というとんでもないことをサイモン・ミウーラが発見発明、みんな躍起になってそれに飛びついて、女房の目をたぶらかすことにかかった……。ハマグリの生ジュースにウォツカを入れて飲むのもある。うまいの、これが。

吉行　うまそうだね。

開高　おれもやってみたけど、これはほんとうにおいしい。

吉行　いいハマグリならね。それはどこのもの？

開高　アメリカですよ。海岸の近くね。

吉行　名前知っている？

開高　ブラドレス・マリーと言うんじゃないか。〝血抜きのマリー〟というやつね。

それで「あんた、なに飲んでるの！」とこうミウーラ夫人がお聞きになると、サイモンはすかさず、ぼく、クラムチャウダー飲んでるんだよと。

吉行 この発想は開高じゃないと出てこないんじゃないかな。

開高 どうしてもそう考えざるを得ないんだけどね（笑）。サイモン・ミウーラの発明はそこまできている。

吉行 戦後、その酒について言われてたのは、およそ恐妻家の反対のものだったはずなんだが。女連れでバーへ行って、バーテンに目配せすると、トマトジュースにウオツカをこっそり入れて、騙《だま》して飲ませて口説くと。そこから女がブラディ・マリーという状態になると言ってたけど、正しくは二日酔いの酒なんだね、あれ。トマトが血液のなかに入って、アルコール分をなだめるんだな。

開高 本当にトマトジュースにそんな効能あるやろか。

吉行 あるんだって。ちゃんと権威が書いている。

開高 それならいよいよミウーラ・ドリンクを愛用しなけりゃ。

吉行 それはそうだ。

開高 だけどうまいですよ、ブラディ・マリーは。あとくされなくって。今度いっぺんハマグリ汁もやってごらんなさい。

吉行　いかにもよさそうですね。

開高　ハマグリ汁の缶詰も日本にぼつぼつ入って来ているんじゃないかな。それ冷やして、コショーちょっと放り込んでね。ぴりっとして、いいです。

吉行　サイモン・ミウーラ説は考えもしなかったけど、実に筋が通っているな。

開高　おれはあれがやってきた途端に、ハハァこれは恐妻家の発明だなと思ったです。

吉行　すばらしい（笑）。ところで、そのシェリーを半分くらい下さい。

開高　ちょっと甘いよ。

吉行　これシェリー？　ドライの色してるね。

開高　それカクテル・シェリーでしょう。こんな時間に飲む酒だもの。

吉行　君はわりに中華料理でワイン飲むの好きだけど。

開高　合いますなあ。

吉行　いやワインが死ぬような気がするね、料理と。

開高　いや料理によるんじゃないかしら。実によく合いますよ。今度おれのコレクションを持って来ましょう。

ワインを女にたとえたら

開高　この間、小説家が何人か集まって、二十年間くらい寝かせたボルドーを飲んだの。ブドウ酒の話をはじめると、どうしても女にたとえるという楽しみがありますが、そのなかに総入歯でゴネ安という異名を持っている男がおりまして、その人物が、「これは年増《としま》女の味だな」と、こう叫んだ。そこで、現代で年増女というのは、何歳くらいから何歳くらいまでを言うのだろうか、ということになりまして、甲論乙駁《おつばく》。みなおそらくそれぞれのガールフレンドの年齢に合わせて……。

吉行　そうだろうね。

開高　じゃないかと思うけれども、えらい上までいきましたな、年増というのが。

吉行　それは興味ありますね、どこまでいった？

開高　吉行さんの感じで、年増女というと、何歳くらいまでを上限としますか。

吉行　前戯からいきますと……。

開高　（笑）なんでもかまわない。

吉行　昔の花柳界は、年増というと二十二ぐらい、二十五で大年増。

開高　そうです。
吉行　僕のいまの〝大〟がつかない年増が四十一、二。
開高　大がつくとどのへんくらいまでいきますか。
吉行　大はあまり好まんですね。
開高　しかしあなた様の年も進行なさるんで、それにしたがって好みも変化していくと思うんですが、もう五年もすると〝大〟がええということになりかねないですよ。
吉行　それはあり得る。その結論の上限はどこまでいった？
開高　この間のときは五十五、六までいったんだけど（笑）。
吉行　すごいね。
開高　えらいことになりました。一世紀たつかたたんかで、女の価値観がこれだけ変わってしまった。
吉行　倍になった。
開高　そうです。いまさらのように愕然《がくぜん》としてお互い顔見て、こいつのガールフレンドの年はいくつかというようなことを考えたりして帰ってきたんですがね。
吉行　五十五、六はちょっと多いんじゃないか。まあ個人の自由ですけどね（笑）。
開高　女の気の張り方ひとつで、優に五十五、六はいきますよ。老人ホームの最大の問題は孤独でもなんでもない、セックス。感情面の問題は嫉妬《しっと》なんだから。そうしたら五十五、六なんてまだガキのうちということになる。

吉行 なるけれどね、五十五、六ね……。これはちょっと勘弁してもらいたいね（笑）。

開高 いや、あなたの好みも変わっていきますよ。

吉行 変わらんと思うな。

開高 いやいや変わりまっせ（笑）。

吉行 五十五、六はたとえばウルトラスーパーとかね、そういう言葉をつけてもらいたいね、年増の上に。ただ年増と言うと、僕の気持ちではやっぱり四十ちょっとくらいでしょう。

開高 本年度はね。

吉行 いや年とってもそれをさがす。

開高 そーお？（笑）もう五年たったら「おい開高、変わったぞ、おれも」とかね。

吉行 あり得るね。あり得るけれど……（笑）。

開高 しかし、なんでブドウ酒を飲むと、女にたとえたくなるんでしょうね。

吉行 それはやっぱり、これは何年ものということがあるからじゃない。

開高　それもあるし、酒そのものの味が、そういうことなんですかな。

吉行　無理してたとえなくても、いかにもそういう気がするもんな。十七、八だとかね、さっきの〝村の小娘〟みたいなものがあるよね。

開高　ホイリゲというの飲んだことある？

吉行　ない。

開高　秋になってブドウを畑から摘んできて、踏みつぶしますね。これは昔、ヴァージンの足の裏で踏みつぶすのがええとされてたんやけど、近ごろはヴァージンがいないものだから、どの国もこの国もみんな機械でつぶしてますけどね。つぶしてプレスして、ブクブク発酵させて、それから樽《たる》に詰めて寝かせますわね。樽に詰めるまでの間、一週間から十日くらいは、ブドウのジュースでもなし、酒でもなし、毎日毎日少しずつ度数が上がっていくんです。

それである段階までくるとストップさせて樽に詰めるわけ。これは嫁入り前の娘みたいな酒で、素朴でうまいんです。土の匂《にお》いがプンプンしていて。でもうまくその場その場に行き合わさないと飲めない。そればかり飲むために行くやつもいますけどね。これを飲み過ぎると、ひどい二日酔いになる。村の小娘に深入りするっていう感じでね。

吉行 日本酒は男が踏むよね。これはなんかあるかな。

開高 昔はどこの国でも、ばあさま、あるいは生娘がクチャクチャと嚙《か》んでプイ。濁《どぶ》酒《ろく》というのはその唾《つば》でどろどろになった酒。いまだにアマゾンのインディオがそれですね。

これでまた、失敗するといけないからと言って教えられたことがあります。ペルーにチッチャ・モラーダという紫色のトウモロコシがあるの。チッチャというのはインディオ語でトウモロコシ、これをグツグツお鍋《なべ》で煮まして、レモンやらパイナップルやらリンゴやら放り込んで、ちょっと甘くして、それから冷やすの。そうすると腎臓《じんぞう》、膀胱《ぼうこう》、循環系統を洗うのにとてもいい、体のためにええということになってる。これがチッチャ・モラーダなんですが、これをひと言間違って、チュッチャ・モラーダというと〝紫色のオメコ〟という意味になる。

それで日本から行った女の子が、スペイン語をさかしらでふり回して、ペルーへ来て、パーティーに連れて行かれた。この間、君に飲ませたのはチュッチャ・モラーダというんだよと教えられて、頭から信じ込んじゃって、そこらのペルーの紳士に向かって、お国のチュッチャ・モラーダ、紫色のオメコは素晴らしい、何杯飲んでもあきないわと、やったものだから、やんやの拍手喝采《かっさい》を浴びて、その夜のクイーンになっちゃったという話があるんですがね（笑）。

吉行　やりそこなっても受けるというところがいいね。

開高　このチッチャ・モラーダ、紫色のトウモロコシのほうをクチャクチャと、ばあさまやら娘が噛んで、プップッと吐いて、土瓶に入れて発酵させたのがトウモロコシ濁酒。いまだにやってます。日本でも万葉時代はそうでしょう。

吉行　噛んで吐き出すのは女のほうがいいんだ。杜氏《とじ》と言いますね、あれはやっぱり相撲の土俵に女を入れないとか、ああいう伝統かね。

開高　いっしょでしょうね。

吉行　ただ日本の酒というのはわりに大ざっぱだね。

開高　日本の山村でも濁酒は女がつくるものなんだということになってますね。私なんかがよく魚釣りに行ってるところでは、クマの乳、クマンチというんです、濁酒のことを。これはもう明らかに、ばあさんやおかみさんの仕事だったです。だけど真っ当に酒屋で酒をつくるときは、男を入れて女人禁制になりますな。どっかで分かれるんですね。

しかしアマゾンを歩いていて、インディオのばあさまをよく見かけるんだけど、あのばあさまの口で噛んだ濁酒を飲まなきゃだめだぞと言われたらどうしようかと思って……。

吉行　いいじゃない、年増が五十五なんだから、そのくらい我慢しなさいよ（笑）。

開高　インディオの五十五というのは、これはすさまじいからね、もはや（笑）。これ出されたらどうしようかと思って悩んだな。ベトナムの山岳民族もそうね。やっぱり、ばあさまが噛んで、コウリャンやなんかで酒つくるんですよ。飲まなきゃ叱《しか》られる。まあ社会主義になってから変わったろうと思うんですが、いまだに遠路はるばるの旅路のお客様をお招きしたんだけども、なんにもないので「すみません、粗品ですが、これを」と言って、かあちゃんを差し出すのね。

それであくる日、吉行氏の文体でいけばですよ、あくる日、日光がうらうらとさして、高原の二〇〇〇メートルか三〇〇〇メートルのさわやかな日光のなかで、お茶すすりながら「いやご主人さすがに名器を選んでおられますなあ、それじゃ失礼します」（笑）と言って別れて行くのやろか。

吉行　そう言わなきゃいかんのだろうね。

開高　やっぱりね。

吉行　ひどくてもね（笑）。

開高　だからそれが気になって気になってあの高原を歩いてたときも、モイ（山岳民族）のばあさまやらかみさんの格好が気になってしようがない。あれもし出されたらどうしようか。おっぱい放り出して、ゴリラが歩いているような感じでね。

吉行　結局出されないですんだ？

開高　いやなんとか泊まらずにすませられましたけどね。最上のもてなしでしょうね、当家ご主人にしてみると。

吉行　たしかにそうでしょうね。

ま、それはともかく、さきほどから開高だけやたらに飲んでるが、おれもそれひと口だけ飲もうか。これはわりにいいな。このドイツワインというのは、薄甘いあと味が残るね。

開高　そうそう、だからチーズケーキとかチョコレートケーキだとか、ああいうお菓子の酒ですな。

吉行　ソーテルヌと同じだね。

開高　私はフランスの辛口の白ブドウ酒のほうが好きだな。カリフォルニアのブドウ酒もうまいですね。

吉行　一昨年はだいぶ飲みました、カリフォルニアへ行って。そこへ行くと、なんにするかと言うから、まあカリフォルニアのワインをよこせと、なんか忘れたけどあるんだよ、銘柄が。
開高　ある。フランス名前になっている。
吉行　そうだったかね。
開高　シャブリというのがチェブリス、シャンベルタンというのがチェンバティンとかね。
吉行　僕はとくにいいのに当たんなかったな。
開高　でもね、十五、六年前ごろに、ときどき日本に入ってくるカリフォルニア・ワイン飲んだけど、てんでだめだった。だけどこの間行って、いい当たり年の酒をときどき出されて飲んだけど、感心した。
吉行　それは阿川が盛んに言うんだよ。
開高　阿川弘之氏も言いますねえ。
吉行　僕はそれ、ほどほどのものにしか当たらなかったな。さっきのペルーというのはブドウができるの？
開高　ええ、できます。だけど、どちらかと言えば、ブドウ酒として飲むならば、チリもしくはアルゼンチンのほうがうまいです。チリはとくに白ブドウ酒がいいんじゃないかしら。赤ブドウ酒もいいのがありますけどね。アルゼンチンは赤のほうがいいような感じがするの。なかなかにいいですよ。

お尻《しり》がのぼせた初体験

開高　ところでですな、大兄。パリで教えられたんだけど、ブレンドするとよくなるブドウ酒があるんだって。それであの英語嫌いのフランス人のくせに、ブドウ酒を、ほかのブドウ酒にブレンドする、これ英語でストレッチと言うんだってね。

吉行　伸ばすという……。

開高　そうそう、この英語を学生街で教えられた。

吉行　よくそんな言葉使ったもんだね。どっかに軽蔑《けいべつ》の意味があるんじゃないかな。

開高　飲めないのを軽蔑する？

吉行　飲めなくてもそう軽蔑したものじゃないんだってね。五年くらい前にボルドーへ行ったとき酒が飲めないフランス人は軽蔑されないかと聞いたら、まったくそれはないと言いましたね。ほんとうにそうかね。

開高　場合によりけりですよ。まあ現在、日本人はブドウ酒をほとんど飲んでいないというぐらいしか飲んでいないけど、フランス人は日本人の五百倍ですからな。それでパリの町を朝早く歩く。すると日本の町を走っているバキュームカーね、あれとそっくりの自動車が走っとりまして、酒場の酒倉の地下室に置いてある樽《たる》に直接ゴム管を突っ込んで、日本のバキュームカーの逆で入れている。ゴム管が道の上で、ぐびりぐびりと、こうのたうっているのを見ますがね。

吉行　それは面白い。何時ごろ？……。

開高　朝早く行ってごらん、ぶらぶら。

吉行　そりゃ不可能だ。君のように元気でないと見られない。

開高　元気と関係ないですよ、あなた、老人性のあれで朝早く目がさめちゃう。

吉行　それがないんだ、おれには。

開高　前夜の荒行がこたえて……（笑）。

吉行　しかし、それ面白いね。

開高　日本のバキュームカーと同じ風景だなと思って懐《なつか》しくなる。そして車のボディ横に、〝飲め、ボジョレー〟なんてことを書いてある。それで、ぐびりぐびりと段々のついたゴム管ね、あれがのたうってますがね。

吉行　そういうの見た人、少ないだろうね。

開高　いるんじゃない。前夜ちょっと控えるとできる（笑）。

吉行　いや控えても、なにしとるか理解できない人が多いだろうな。
開高　私はパリで、まず最初に学生街の一杯飲み屋の一〇〇円のブドウ酒が、非常に水準が高いんで驚きましてな。日本の学生街、御茶の水でも、高田馬場周辺でも、あのへんで飲む二級酒とはだいぶ違うんで、おれもひょっとして学生のときにこのくらいの酒飲んでたら、もうちょっとなにか変わったんと違うかと思いたかったですね。酒については、私の学生時代は大兄とあまり変わらないんじゃないかな。
吉行　違うと思うよ。
開高　バクダン、濁酒……。
吉行　それは同じだ。おかしいね、ずいぶん早熟だね。
開高　大人になりたい一心でね、十四、五ぐらいから。
吉行　普通は、少なくとも酒については、まず年代によって話題が違うね。
開高　ぜんぜん違いますな。
吉行　それから酒を飲みはじめたときの社会の状況によっても違ってくる。昭和十一年、二・二六の年だね、中学一年のとき、もっと前だという記憶があるんだけど、サントリーが十二年ものの角を出したわけ。当時八円なんですよ。これは実に明確に覚えている。僕が飲むわけじゃないよ。酒屋が一割引いてくれて七円二〇銭で売ってくれる。ところが当時の七円二〇銭というのは非常に高いんだ。初任給がおそらく八〇円くらいでしょう。当時もジョニーウォーカーとかいろいろあるわけ。ところが日本で十二年もののウイスキーができたということが非常に新鮮でね、その八円という値段が納得できたんだけど、いまで言えば、初任給の一〇分の一というと一万二〇〇〇円ぐらいですよね。

そのサントリーを僕の悪い叔父貴二人が家にいる足の立たないおばあさんをおだてて、なんかうまいことを言って買わすわけね。そのサントリーを買わす状況を僕はずっと見ているわけ。買ってきて二人で飲みはじめて、一瓶空けたころに、今度はばあさんの悪口言い出す。それがとても印象に残っていてね。

開高　ばあさまが寝ている枕元《まくらもと》で飲むんですか、それで悪口を言うの？

吉行　そう。それであれは大正天皇伝説の真似《まね》か、新聞紙丸めて筒にして、ばあさんの顔を覗《のぞ》きながら、なんだかんだ悪口を言うのよ。からかっているんだね、それで怒らすまではいかないんだ。それが僕の酒についての非常に強い印象の最初ですね。

それからこういう経験はないですか。アルコールに初体験のころ、ビールは飲ましてもらえるわけです。ビールをひと口飲むと突然肛門《こうもん》がカッと熱くなる。

開高　肛門……？　ビール飲んで……？

吉行　ひと口飲むとパッと末端がカッカするわけ。
開高　もっともこの人、異常体質だからね。
吉行　そういう体験ないですか？　それでかなりいい気持ちになるという……。
開高　いい気持ちはわかりますし、芳《こうば》しかったビールも覚えているけど、肛門が熱くなったというのはないですね。
吉行　体質だね。なだいなだに、一年ぐらいで消えたけど、こういう体験があって、これはどう解釈すべきかと聞いたんだ。彼はニタッと笑って、はっきり返事してくれないんだけど、それは非常に好色な人間の症状だということがとれるような返事をしたな。
開高　そうすると世のなかには、ビール飲んでお尻がカッとなる人が、ほかにもいるということですな。
吉行　それ調べてないけどね、まだ。
開高　ビール飲んでお尻がのぼせるというのは、あまり聞かない話ね。
吉行　それが非常に顕著でね、ひと口飲んでもそのくらいだったね。
開高　まず肛門末端から興奮するということはホモの気なんじゃないですか。
吉行　（笑）だけどそれはないんだね。これはわりに面白い体験だね。戦争中はメチルを水で割って、ビタミン剤がもしあれば、もしあればってほぼないんだけど、それを入れれば、ちょっとまったりした感じが出る。

開高 うちのおじが当時銀行員で、戦争中は僕は子供だから酒は飲まなかったけど、話を聞いてると、とにかくアルコールが払底して飲み助は困っちゃって、ついに目をつけたのがインクだというの。

吉行 それは徳川夢声も言っている。

開高 それでアテナインキにコクがあるとか、なんとかはどうだとか、丸善がどうだとか議論しているという。おじがそんな話をしていたのを覚えているな。

吉行 みんな真面目《まじめ》にやってたんだな。

開高 真面目に、コソコソと。

吉行 徳川夢声説によると、赤インクは丸善がいちばんいいんだそうだ。あれがいちばんアルコール度が高い。

開高 カンパリソーダのようだね。

吉行 でもその感じわかる、そういう時代だったよ。

開高 まあインク持っててても書くことないしな。迂闊《うかつ》に書いたら憲兵にやられるし。

あの頃の酒のこと

開高　私なんかは十三、四歳で敗戦になって、そのころまではぼんぼんの育ちだったのが、一挙にひっくり返っちゃって、街角へ放り出されて、不安で不安でしょうがないし、食う物はないしでしょ。大人の真似さえしてたら、なんとか紛れると、そういう気持ちもあって、なけなしの金はたいて煙草《たばこ》と酒をやたらに飲んだ。

吉行　十三、四で！

開高　〝性に目ざめるころ〟というのは、森鷗外《おうがい》博士が『ヰタ・セクスアリス』で書いてから、どいつもこいつも性体験ばかり言うてるけれども〝金に目ざめるころ〟というものも、非常に重要な体験なんで、どうしてみんな〝金に目ざめるころ〟というのを書かないのかな。

吉行　金に目ざめるというのは、食い物につながるわけね。

開高　食い物にもつながるし、いろんなものにつながりますな。

吉行　女にはあまりつながらないだろう？

開高　だけど買いに行く人はやはりつながる。

吉行　しかし十三、四じゃ買いに行かないね。食い物だよ、やっぱり。
開高　食い物、飲み物ね。
吉行　われわれの年代とあなたと六年くらい違うはずなのにね。
開高　ませてますね、大兄は。
吉行　いや、君がませてると言いたいんだよ（笑）。
開高　それで飲みにかかったのが濁酒《どぶろく》ね。当時は大阪駅裏がヤミ市、広大な民族の野営地とでも言いたいようなヤミ市で、東京でも同じだったでしょうけど。
吉行　僕の印象にあるのは、大阪駅前のあたり屋。
開高　焚《た》き火をしてね。一〇円取る。
吉行　あれは東京になかった。大阪の発想。
開高　腰かけを一つ貸してくれて、それでお金取るの、焚き火にあたらせて。だけど新橋駅前や神田駅前でもどんどん焚き火してたでしょう、冬。
吉行　あれはただであたらせてた。
開高　なるほど、それはちょっとぬかりがあるね（笑）。
吉行　いかにもこれは関西に来たなと思ったね。面白かったよ。
開高　なるほど。それで濁酒と言わないで隠語で呼んでたけども、私なんかがいちばん覚えているのは、夏のころ、ヤミ市の便所脇《わき》で、濁酒を木綿の布で漉《こ》すんですな。絞ると言うやつ。それで少しアクセントのおかしな人が、「いましぼりたてよ」なんてことを言って、それへ氷を放り込んで、大やかんに入れる。濁酒は甘いですから口当たりがよくて、夏の暑いときに騙《だま》されるんですが、ガブガブ飲む。さあ、酒飲んだことない子供が飲むもんですからあげますね。泣いたな、あのときは。

そして天王寺の地下鉄の構内で、復員帰りが——復員兵と言えばすむのに当時、〝復員帰り〟という言葉がはやってた。

吉行　日本語として正確でないけどね。

開高　同語反復で……。

吉行　つまり強調するわけだ。

開高　復員帰りがですな、ごろごろ寝てますね。戦争中と戦後のひとつのはっきりとした違いは、戦後には駅の周辺では餓死者がよく見つかった。戦争中には食う物もなにもないのに一人もいなかった。この違いがありますね。そのおっさんの横なんかに、ドタンと天地晦冥《かいめい》のまま寝ていると、ザワザワッと地下鉄の客が喋《しゃべ》りながら上を渡って行く。その声がときどき、えらいくっきりと耳に入るんですが、「おお戦争には負けとうないな、こんなガキが酒くろうて寝とる」。

吉行　それはいいね（笑）。

開高　ところが痛さとか苦痛というのと同じで、汚辱というのも、ある段階を通り越すと、きわめて甘美なものになってきますからね。もうちょっと汚れる方法はないかとか、もっと落ちる方法ないかというようなことを求める。博打《ばくち》の負けがこんできたときの心理と同じで。

吉行　東京は復員帰りという表現はなかった。

開高　そうですか。これも関西かな。

吉行　わかるね、なんか。そういえば五反田に漉してない濁酒をのませるところがあった。なにも看板ないのよ。口コミでさがして行くと、みんなどんぶりを抱えて、それが一杯五〇円、昭和二十三年だったかな。そのころは漉してないですね。四杯も飲むと絞ってない米粒みたいなのが腸管にぎっちり詰まるわけよ。そうすると腸のなかで詰まった米粒が発酵しはじめるわけ。翌日一日くらいボーッと……。

開高　なるやろうね。アルコール気のあるおかゆという感じだものね。

吉行　すごかったね、これは。若い元気な盛りだったけど、かなり参ったな。

開高　私は大阪のジャンジャン横丁なんかへしょっちゅう行って、大人の真似をして、皿のかわりに新聞紙をちぎって、その上へブタの臓物の屠場《とば》直送というやつですな、ときどき毛が混ざったりしてる血みどろのやつに七味唐辛子を真っ赤にまぶして、唐辛子でごまかして食ってましたね。一軒面白い店がありまして、うちは客がこんなに入っているんや、酒のさかなに使うピーナツの殻だけでこんなにあるんやでと言うんで、床一面にピーナツの殻をまいてるんです。それを半長靴《はんちょうか》で踏んだり、兵隊靴で踏んだりして、ザックザックバリバリ、ザックザックバリバリって、ひと晩中音がしている。

吉行　絶対掃除しないんだね。

開高　西洋ではおが屑《くず》をまくんですね。いまでもありますよ。ロンドンでもそうです。

吉行　おが屑というのはなんの？

開高　マツの木のおが屑です。あの匂《にお》いがいいの。

吉行　それは匂いのためにまくわけ？

開高　それとひとつ、酔っぱらってプッと唾《つば》吐くやつがいるでしょう。……どうもこの飯食ってる最中に……。

吉行　かまわんかまわん、ぜんぜん平気。

開高　ボトムレスという話やね、これは（笑）。ロンドンのバーでも、パブへ行ってみると真鍮《しんちゅう》の足踏台があって、その横にこんな大きな痰壺《たんつぼ》が置いてあります。西部劇でもよく出てますが、そこへパッと酔っぱらいが吐く。調子が狂っちゃって、ポンと床のおが屑へ飛び込んでも、おが屑だからまぶしてしまうと掃除しやすい。

吉行　なるほど、マツのおが屑というのはジンの匂いがするんですね。

開高　夕方の六時ごろ、開けたてのころに行くと、あのおが屑の匂いはいいですな、さわやかでね、なんかええことありそうな気がしてきますよ。

吉行　飯食っていちばんこたえる話というのを、いろいろ研究したやつがいてね、僕はだからもう平気で食っているんだけど、駅の痰壺を持ってきて、ストローでチューッとね、吸うってね、この話がいちばん参るって言う。

開高　私には非常に鋭い精神の刺激になって、悪寒《おかん》をぜんぜん催さないですね。

吉行　どうもわれわれの世代ってそういうところがある。

開高　かなり地面に近く暮してたからね。

吉行　進駐軍の残飯をシチューにして売ってるのがあったでしょう。

開高　ありました。

吉行　チューインガムが出てきたり。

開高　先に溜《た》めのついたのが出てきたり？

吉行　アメリカ人のは溜めのつかないのだな。それからラッキーストライクの箱が出てきたり。あのシチューはかなり高かったよ。
開高　いくらくらいだったですか、東京では。新橋の駅前あたりですか。
吉行　そういうものをなるべく排除したものほど高いのね。万世橋とか、これはわりに高かった。
開高　ただ当時いたいけな〝黄顔の微少年〟は……。
吉行　なるほど、栄養失調で黄色い顔の微《かす》かな少年か（笑）。
開高　その微少年が東京に遊びに来て、ひとつ気がついたことがあるんですがね。当時シケモクが大流行でしたでしょう。一〇本がらみで家内手工業で作って、ヤミ市に売りに来る。二本でも売ってくれというと売ってくれますわ。大阪でも竹竿《たけざお》の先に釘《くぎ》を刺して、サラリーマンの殺到する駅へ出かけて行って、電車に乗るために、あわててサラリーマンが煙草を捨てる、それを宝蔵院流、真槍《しんそう》、槍《やり》一筋のお家柄と言うか、チクっと刺して、スルスルと手元に取り寄せて、腰の箱へ放り込む。この腰の箱がサントリーオールドの箱だったですね（笑）。それが東京でも大阪でもそうなのね。都会の人間というのは、どんなに落ちぶれても、なにかハイカラをやりますな（笑）。
吉行　サントリーオールドってあのころあった？

開高　戦前に作った箱が出てたんだそうです。僕はサントリーに入ってから、それを研究したことあった。サントリーというのが全部横文字でしょう、漢字がどこにも入ってない。ちょっと洒落《しゃれ》たパッケージで、それが神田の駅でも大阪駅でも同じだというのがおかしくってね。

吉行　それはおかしいね。観察細かいね。

開高　観察細かいって、まだ背が低いし。

吉行　そうなんだね。それがある。

開高　飢えて、かつえているでしょう。

吉行　それにセックスがまだそんなにないんだよ。

開高　そうです。そっちに気が散ってない。

吉行　それが大きな差だな。

開高　パン屋へ丁稚《でっち》奉公に行ったこともありましてね。電気が昼と夜と配給制だったの知ってる？

吉行　電気？　電流……？

開高　昼間は家庭に配るけど、夜になるとスイッチ切り換えて、パン屋とか、電気を使わないとやっていけない工場とか、そういうところへ配給する。おそらく東京でも同じだと思いますよ。

吉行　停電の多かったことは覚えているけどね。

開高　停電は多かったですね。だからひと晩のうちに、昼の間仕込んだメリケン粉を全部はかしてしまわなければいけないわけ。必死の作業になるわけ。それで徹夜で練ると、生疲れの若立ちと言うでしょう、俗に。

吉行　あれはいいもんですね。

開高　コリコリと。それで襲われましてね、戦争未亡人に。それで失ってしまいましたけれどね。

吉行　いいですね、実にもう。正統派だね。

開高　そのときはあっという間に終ってしまって、なんだこれしきのことを、あんだけみんな延々と書いているのかと思ったけど、のちに、延々と書く理由はわかりました。

吉行　理由はいずれわかるものでしょう。

開高　はいはい（笑）。

男に想像力がなくなったら

吉行　さて酒の語り方もいろんな語り方があるが、だんだん贅沢《ぜいたく》になってくるね。だけど日本酒の話題というのは非常に貧しいんだ、辛口と甘口ですんじゃうんだから。ワインみたいなあんな幅の広い話題はないわけで。

開高　それはやっぱりブドウと米の違いですね。基本的にね。

吉行　ちょっとそこをもう少し……。

開高　つまり結局は女と似てくるんでしょ。バルザックの名言で、男に想像力というものがなかったら、伯爵《はくしやく》夫人も町のパンスケも同じじゃないかって、えらいこと言ってのけているんですが、まったくそのとおりで……。

吉行　そのとおりだね。

開高　性生活の八割五分から九割くらいは男にとってはメンタルなものですわな、肉体が媒介にはなるし、目的でもあるけれども。このメンタルという点が、やっぱりわれわれの酒にも響いてくるんじゃないんですか。

吉行　事実、終戦直後だと、伯爵夫人がパンスケになってたものね。

開高　ありましたな、新橋のガード下なんかにいろいろエピソードが。
吉行　ありました。女っていうのは不思議なもので、それになりきっちゃうのね。
開高　そうですね。あれが人類の長続きした理由でしょうね。
吉行　まことにそれはいい言葉ですな。
開高　あの適応力、あの破廉恥《はれんち》なまでな、けろりとした適応力がなかったら、雄のようにこだわっていたんじゃ、もうとっくの昔に人類は滅びていたでしょうな（笑）。大兄どうですか、ここに、かりに、二十五人の男を通過してきた女がいたとしましょうか。でもつねに彼女にあるのは、現在愛してる男一人で、過去の二十五人の男をけろりと忘れてしまっておると……。
吉行　と言うけどね。
開高　どうですか、その点。
吉行　ときどき思い出して、ちょっとスパイスにするんじゃないかと僕は思うね。
開高　本質に影を落とすほどには考え込まない？
吉行　つまりほんとうに惚《ほ》れてしまった場合は、わりにそれに近い状態になると思うんだね。ただ、ちらちらスパイスがあらわれるような気がするね、僕は。
開高　それは現在の男の気をひこうとか、刺激するために、わざとちらつかすという意味？

吉行　じゃなくて、自分自身の刺激として。彼女自身の頭は、だいたい過去の男の記憶に対して白くなっている。だけどときどき、ちらっと、ブラックペッパーなんてのを……。

開高　わかる。それを完全に描き抜いたのがチェーホフの『かわいい女』でしたね。

吉行　あれはスパイスは抜きでしょう。

開高　材木屋と結婚したら木の話しかしない、皮屋と結婚したら皮の話しかしない、とことん愛し続けて、男はみんな死んでいく。

吉行　最後は遊園地の経営者でね。

開高　そうそう、息子だけが残される。今度は息子に無我夢中になる。あのチェーホフが『かわいい女』を書いてから、われわれの身の回りに、かわいい女をたくさん発見するようになりましたな。ところで、ロシア女のセックスのほうのものすごさというのは、とめどないらしいんだな。そこをチェーホフは暗にほのめかしている向きもあると。母なる大河ボルガ、ロシア的愛というやつを……。

吉行　それははじめての角度だね。非常に面白い。ついわれわれはフィールドワークを忘れるんでね。これはまだだれも言っておらんな。

開高　とにかくもたんというんだな。冬の晩は長いしね、ロシアは。
吉行　ハハハハ。
開高　僕はまだないんだけど、ロシア女となにしたやつの話聞くと、二つのタイプがあるそうです。チェーホフ型の小さい女、かわいい女。それからもう一つはとてつもなく大きい女。ロシアの諺《ことわざ》で「革命でも変えられなかったもの、かあちゃんのおっぱいと機関車の車輪」というの。タラス・ブーリバみたいな髭《ひげ》生やしてんの。シベリア鉄道の女車掌なんか見てみろ、あれが女けぇと言いたくなる。
吉行　タラス・ブーリバ！
開高　いるいる、ほんと。
吉行　怖いなあ。
開高　タタールの王様みたいな感じで、髭をこんなに生やしてるよ。
吉行　なんで剃《そ》らないんだ。
開高　剃ったって剃ったってすぐまた生えてくる。
吉行　毎日、剃りゃいいじゃないか。
開高　ものすごい髭ですよ。うちの女房にゃ髭があるというのは昔の歌だけど、まあ驚いたぜ、おれ。そら、あんなのが、がっぷりと、そしてあなた、朝から夜というふうなシベリアの冬、どうします、吉行さん？

吉行　もうあかん（笑）。

開高　強制収容所がなくても、もうヘトヘトになりますぜ。それがかわいいわ〟と言ってかわいがってくれたら。

吉行　封建制を復活するしかないね。

開高　封建制を復活したらいいよいよやられるぜ。

吉行　いやいやセックスは悪だとかさ。

開高　あかん。そんなことではあの女達の愛は防ぎきれんわ、とてもじゃないけど。

吉行　観念じゃだめだな。

開高　そこでひとつ聞きたいの。「かわいい男」というのは、どんなタイプのことを言うんやろ。

吉行　あの「かわいい女」というのは、男の目から見てかしら、それとも神様の目からか……。

開高　男の目から見てでしょうね。あの場合は。

吉行　そうするとかわいい男っていうのは、わりに立つ瀬があるんじゃないかと思うけどね。女性はそのタイプが好きだからね。

開高　瀬戸内寂聴尼《じゃくちょうに》が頭をお剃りになる前に、ある講演旅行でいっしょになったんで、田舎の宿で掘り火燵《ごたつ》に足突っ込みながら、うだらうだらそんな話してて、「かわいい女というのは、チェーホフが書いたからもういいが、かわいい男というのを、女の小説家が書いてないんだけども、女にとってのかわいい男というのはどんなもんだろう」と、聞いたんですがね、定かなる答えを得なかったという記憶があります。

吉行　秘して教えなかったんだな。

開高　男の目で見ると、女にとってのかわいい男というのは、どんなタイプであれ不良少年ね。どうかしら、かわいいんじゃない？

吉行　それは、かわいいと思うね。僕は北原武夫という人が、女が男といっしょになる場合は、必ず自分がその男を操れるという気持ちをもったときだと言っていたが、面白い発見をしているなと思ったね。

開高　なるほど。

吉行　ということは、あらゆる女がいっしょにいる男に、かわいさというのを見ているんじゃないかね。

開高　たとえば男のかわいさでも、卑近な例でいくと、自堕落な怠け男ね、『夫婦善哉《めおとぜんざい》』の柳吉とか『猫と庄造と二人のおんな』とか。

吉行　ああいうのがいいんだよ。つまり、私がついてなきゃ……。

開高　この人はだめになる。すると母性愛ですか。

吉行　母性愛もくすぐる。

開高　やっぱり母性愛にちょっとアピールしないことには、かわいい男になれないですか。おれみたいに、しっかりしているとだめでしょうかね。

吉行　しっかりしているとお互いに思っている。ところが違うんだな（笑）。男は必ず幼児性をもっているだろう、みんな。

開高　この頃、私は業界の違う人と会うことに努めておるんですがね。桂米朝《べいちょう》とその話をしたことがあります。そうしたら米朝が言うのには、「昔から女、とくに水商売の女に愛される男いうのは相撲取りですわ」と。あれは無邪気で、この世の荒波に耐えていけない。相手をひっくり返すというようなことばかり考えて、チャンコばかり食べてる。純真ですわ、早く言えば。だから水商売の女が、若くても年寄りでも、おかみさん気分になれるというの。だから相撲取りは絶対に水商売の女に愛されるという説。いまあなたのおっしゃっている、私がいなければこの人だめと言うこの気持ちね、すると今後、私が女に愛されようと思うと……。

吉行　いや君はしっかりしているつもりでいるけれど。

開高　女の目から見ると抜けとるぜ、と。

吉行　だから大丈夫なんじゃないの（笑）。

ラクロの『危険な関係』ね、あれで難攻不落の修道女にその手使ってるね、私がいなきゃだめと女に思わせる。ラクロというのは男のくせによくうがってるね。

開高　おそらくだいぶ暇のある時代だったと思うんだ。

吉行　情婦がいて、寝物語でいろいろ教えてもらって……。

開高　なるほど。もしおれがかわいい男というのを書くとどうするか、すでに『夫婦善哉』がある。『猫と庄造と二人のおんな』がある。自堕落派のかわいい男というのはここに描かれている。いくらか年取ってきて読み返せば、ああなるほど、これなら女に愛されるやろと。女はいやがりながらもあとついてきて、一生懸命介抱してくれるやろと。看護婦さんの愛ですな。いまいくらか呑《の》み込めてきたんですが、私自身が書くとすればどういうところを書いたらいいか。そのどの説でもないようなことがあり得るかというのを、ときどきトイレへ入って考えるんやけどね。

吉行 これはもし思いついても企業秘密だね（笑）。

開高 私がその短編を書いてから、身の回りにえらいかわいい男が氾濫《はんらん》してくるようになってきたという具合になれば、お家安泰なんですがな。

一世紀で変わったレッド・アイ

吉行 人はなぜ酒を語るかということの答えとして……。開高さんに言われて、あらゆる国の二日酔いの治し方というアンケートを出したでしょ。そしたらインドネシアからの答えが面白い。インドネシア政府観光局の日本人の答えと、それからインドネシア人の答えと二種類あって、これが実に愉快なんでね。日本人の答えは、「回教国なので飲酒はポピュラーじゃない。宗教的に許されていない。都会のレストランやホテルなどは例外だが……」。ところがインドネシア人の答えは「人間が酒が好きだという先入観そのものを反省しろ」と。

開高 なるほど。

吉行 それでインドネシア人は、酒がなくても歌とか踊りで愉快に暮しておると。これは実に面白かったね、いろんな意味で。

開高　バンコクで聞いた話で、男の収入の三分法というのがあるの。一つは水に流す、これは酒を飲むということやね。もう一つは大地に返すというの、へそくりを土ガメに詰めて隠しておけというの。最後の三つ目は敵にやれというの、敵というのは女房のことね。「この敬虔《けいけん》なる仏教国のバンコクにおきましても、女房のことを敵と言うんですか」って聞いたら、そうですとはっきり言ってたよ。同じやね、考えること（笑）。

吉行　まあ仏教国と言ったたって建前だからね。

開高　あそこはしかし、たとえばですよ、ここにヨーシ・ユーキという不思議な名前のバンコク人がいたとしましょうか（笑）。それがなかなかの美貌《びぼう》、そのうえ、お手々やら、なにやらがえらい発達しているもんですから、女出入りの噂《うわさ》が絶えまない（笑）。それでなにかやばいことが起こったとします。よし、頭を剃ってお寺へ入ったら、警察もだれも追っかけて来ないだろうというのでお寺へ駆け込む。ところがそのなかへ入ってからの修行がものすごいんだって。シャバにいて監獄にいるほうがましだと言いたくなる（笑）。

吉行　そんなすごいの？

開高　戒律が厳しいのね、二百何十箇条もある。

吉行　抜け道はないの。

開高　ない。ヨーシ・ユーキ氏はポリスに追っかけられるのを、逃げたい一心で寺の門のなかへ駆け込んで、寺の坊さんが救ってくれた。ところが、これが一難去ってまた一難どころじゃない。

吉行　もうそこからは逃げ出せないの。

開高　逃げ出せない。ある年限があるそうですけど。それでたとえばどんな戒律があるかというと、雨の降る季節は「雨期に外出してはいかん」。万物が芽生えてくるから、おまえはその草の芽を足で踏みつぶしているかもしれんじゃないか。よその生き物の生命を阻害しているかもしれん。また「立ちしょんべんしたらいかん」。おまえの塩気と糖尿のしょんべんが甘辛で、この草を枯らしてしまうかもしれない。二階をドンドン音を立てて歩いてはいけない。椅子《いす》にドカーンと音立てて腰かけてはいかん。あれはいかん、これはいかん、あれはいかん、これはいかんで二百何十箇条ある。これを守るだけで、ヨーシ・ユーキ氏は、もうシャバへ帰して下さいと言いたくなるけど、「だめだ、おまえは一度入ろうと覚悟したんだからとことんやれ」って言う。そして明けても暮れても物があると思うから物があるのか、物があるから物があると思うのか、存在が先行するのか、意識が先行するのかなどとひたすら考えさせる。

吉行　そのやっているお坊さんのほうはどういう趣味なのかね？

開高　しら真剣。

吉行　真剣ね……。日本の場合には般若湯《はんにゃとう》とかなんとか言うじゃない、そういうものもまったくないの。

開高　そんな生やさしいもんじゃない。ヨーシ・ユーキ氏はもうシャバへは帰れない。

吉行　……。

開高　ところで僕がアメリカという国に行ったのは、実はこの間がはじめて。これがアラスカのものすごい田舎で、もう果てしない大平原のなかで、道が二本交差している。そこのところの宿場に泊まっていたんですがね。店のこちら側にバーがあって、二メートルか三メートル隔てて、こちらは食堂になっているの。それでバーでマテニー飲んでそれをそのまま持って食堂へ来ると、「ノー、いけません」と、こう言うの。なぜいけないのと言ったら「この食堂の部分では、アルコールを売るライセンスを持っていない。バーではアルコールを売るライセンスを持ってるので、酒はバーで飲んでくれ」と。

バーだの、食堂だのと争うようなもんやない、ただの小屋なの。くるっと一回転させたら、もうそのまま食堂に入れる、そんなところなの。それでも合法性というか、遵法《じゅんぽう》精神というか、遵法闘争というか、法を尊重しましてな、飲まさない。
それから流れ流れてフロリダまで来た。フロリダとジョージアの国境になるようなところで、また魚釣りしてたの。そうしたら田舎もええとこ、毎日毎日出てくるのは、フライドチキンかナマズのフライだけよ。朝がナマズならば晩はチキン、それであくる日は朝がチキンで夕方がナマズと、こういう食事しかないんだけどね。そこでも食堂ではライセンスがない。だからビールも出さない。
それで魚釣りから帰って来ると、へとへとにくたびれてるから、ガイドのじいさんが私を納屋《なや》へ連れ込みまして、ジャガイモやらタマネギの袋を積み上げてあるなかで、むんむんするタマネギの匂《にお》いをさかなにウイスキーを一杯二杯飲ませてくれて、それで知らん顔して出て行く。

吉行　やっぱり文化の非常に遅れた国だったわけだな。

開高　そうです。

吉行　つまり食い物と酒とのハーモニーなんていうのは考えないんだ。

開高　ピルグリムマザースというのは、はじめから酒は罪悪と、こうお考えになっていらっしゃる。それで旧大陸から逃げ出して新大陸においでになって、酒の匂いのしない大陸をつくるんだというわけでしょう。

吉行　ところがそれもだんだん建前は崩れていってね。アメリカというのは、ピューリタニズムとか、パイオニアスピリットとか、いろいろあるじゃない。スピリットにはアルコール分の意味もありますな。だからテキサスあたりの酒というのは、野性の証明みたいなものだね。

開高　それから男であることの証明ね。

吉行　それを言いたいわけ。だからさっき言ったニューヨークか西海岸かではやっている、ビールをトマトジュースで割るレッド・アイというカクテル、あれは二日酔いのときに飲むと効くという意味で〝赤い目〟ね。ところが西部開拓時代のレッド・アイは、同じレッド・アイでもメチルみたいなものなんだ。ガーッと飲むとパッと目が赤くなる。そんなところでビールなんて軟弱な酒を飲んでたら、ピストルの弾が飛んでくる。それが建国以来二百年ちょっとでいまやレッド・アイは、ビールとトマトジュースの二日酔いに効く酒になっちゃっているわけですよ。

開高　だから州から州へ移動していると、ときどきドライステートといっていまだに禁酒法を敷いている州があって、州境に近づくとネオンの赤目玉が見えてきますな。ビールもだめ、ワインもだめ。ご家庭で飲むぶんには自由ですけど。アメリカ人の伝統のメンタリティーのひとつであるレジティマシー（合法性）がやっと体でわかりましたな。

吉行　アメリカは結局、州ごとが国でしょう。だから突っぱっているわけね、自分のところは違うぞと。

開高　それとあれだけ広漠たる大陸を、なんとかまとめていこうとなると、法律というような抽象的なものでもってこないことには、まとまりつかんのじゃないかという気がしましたね。

アメリカ人の間でベトナム戦争に反対する最大の論拠は、議会の承認した法にかなった戦争でない、という点がいちばん大きかったですね、論争の争点として。

吉行　なるほどね。僕もちょっと飲みたくなったなあ。

開高　ほれほれ（笑）。

マテニーのオリーブが誘う幻想

開高　はじめてニューヨークへ行って私が感じたのは「ああ十八歳か十九歳のときに来るべきであった、ちょっと年を取り過ぎた」と……。まあわれわれの一種の職業的条件反射みたいなもんで、人の顔見ると、レストランでも喫茶店《きっちゃ》でも、短編やら長編の一エピソードやらを、その人物中心に作りたくなるでしょう、自然に頭のなかで。それでニューヨークの喫茶店でおっさんが、あるいはマダムがコーヒー飲んでいる。こういうしわかげんで、こういう化粧した女は、こういう人生を送ってきて、こういう短編でというような起承転結考えているわね。なかなかうまくいきませんけどね。

ところがボーイが新聞持って来るとか、ちょっとしたことのはずみに、彼女もしくは彼がころっと変わった顔を見せるのね。それまで、その男、女を見て、私の考えていた短編がひっくり返っちゃう。パリでもそういうことはあるんですが、ニューヨークはそれが頻々と起こる。これはどういうことなんだ、この町は感情生活が激しく厳しいのか、どういうことなんだろうと思って。

吉行　人間関係じゃないですか?

開高　そうでしょうな、やっぱり。隠している顔がいくつもあって、それがなんかのはずみにぽろんと出る。それがこちらの想像と違ってくる。私の想像がまだ世馴《よな》れておりませんので……。

吉行　いつになったら世馴れるんだよ。

開高　わからんね、これ（笑）。

吉行　それで？

開高　ああまだおれの人生観察は若いと、こう思わされちゃうんですがね。そういう殊勝なことは別にして、もうそろそろ秋も近いある夕方、ニューヨークの四〇階の屋上で飲んだマテニー、これは忘れられない。うまかった。実にうまかった。

　マテニーのグラスがある、オリーブの実が沈んでいる。そこに赤いピメンタが見える、そのグラスを透かして、ワールド・トレード・センタービルなんていうのが見えるというのは、ちょっといい風景なんですがな。

吉行　マテニー自体がうまかったの？

開高　マテニー自体がうまかったし、マテニーがその国の産物だという感じなんでしょうかね。湿気がないことやら、秋の夕日やら、いろんなことが手伝っていたと思うんですが、何千杯とマテニーは飲んだか知れないけども、あのマテニーはうまかったな。雰囲気です。メンタルです。

吉行　メンタルだろうね。

開高　それであの味は出てこんもんかいなと思って、帰国してからもチャンスあらば、バーでもホテルでもどこでもマテニーを注文していますが、ダメですね。オックスフォードじゃ学生にマテニーの話をするなどというおふれが出ているというの。
吉行　どういうわけ？
開高　議論が絶え間なくなるから。
吉行　配合の割合で？
開高　ええ、なにをどうするかという話でね。昔、私が寿屋《ことぶきや》（現サントリー）にいたころには、よちよち歩きの洋酒がいっぱいあったものだから、内外を問わずですよ、片っ端から混ぜてカクテル作って飲んでみたことあったけど、結局カクテルはたった一つマテニーである。
吉行　あのカクテルというのは結局どこがもとなの。
開高　アメリカ。
吉行　つまり後進国がウルトラCをやったわけだ。
開高　後進国が先進国の思いもつかないことをやってのけたというのがカクテルでしょうな。
だけどいまのマテニーはもうジンのオンザロック、ウオッカのオンザロックそのものでしょう。混ぜ物はなにもない。昔は白いベルモットやアンゴスチュラ・ビターズとかいうのを、ポタンポタンと入れたりしてたんだけど、いまはなにも入れないですね。

吉行 カクテルじゃないね。

開高 カクテルじゃない。それでマテニー飲むときにオリーブの実を入れてくるでしょう。私はあのオリーブの実で幻想を楽しむことにしているんですがね。オリーブの実は楕円《だえん》形ですな。底を四角く切り抜いて赤いピメンタを入れてますな。どうやって入れんのや、あれは？ まずオリーブの実を切って、なんらかの方法で種を抜き取るわけですね。その切り口はまるいんです。そこへ四角いピメンタをパチッと入れてて、ぜんぜん狂いがないですね。

吉行 ピメンタってなに、あれ？

開高 パプリカトマトです。肉の厚いパプリカトマト。あまり辛くないやつね。彩《いろどり》もきれいで。さあ、これをどうして入れるのかということを、うつらうつらと考えながら酒を飲むのが、私の癖なんですが、あるとき随筆にそれを書いたの。そうしたら、日本でこれを作っている会社がありましてね、小豆島《しょうどしま》で作っておりますから、先生をご招待しましょう、と言うてきたの。そこで「ちょっと待ってくれ、教えられると面白くなくなるんだ」と。せっかくおれは、ああでもあろうか、こうでもあろうかと、突飛なことを考えて遊んでいるんだから、これは壊さないでくれと言って、僕は行かなかったんだけどね。
吉行　その気持ちはわかるね。
開高　きれいに入っているよ、まるいオリーブに四角い赤いピメンタが。
吉行　いままでそんなこと思いもつかなかったな。
開高　おばんがいちいち手で詰めてるとは思えないですね、あれ。人件費が高くつくから。どうするか？　種を抜き取るのはわかるのよ、これは簡単ですからね。オリーブの実を抜くとポンと出てくるの。これは、くりくりっと、外側からドリルみたいにえぐっていって、真空装置でピシャッと種を吸い取る。種がポンと床へ落ちる。だからその工場が動いている間、あっちこっちでピョンピョンと種がですね……。
吉行　そりゃいいね。
開高　さてその次や、どうやって四角く切ったピメンタをそのまるい穴のなかに、一ミリの狂いもなしにぴたっと押し込むか。
吉行　オリーブを騙《だま》すんだな、集団催眠で。おまえはまるくないんだよと言ってね、実はおまえはまるいと思っているのは幻想であって、切り口は四角くなっている、騙してパッと隙《すき》を見て入れる（笑）。
開高　これをうつらうつらと考えていると、編集者も女房も子供も知らない時間が過ぎていくんですがね。

吉行　おれもなんかそういうものを見つけんといかんな、なんか考えよう。

開高　昔おかあさんが和服をほどいて伸子張《しんしば》りというのをやってたでしょう。季節、季節がくると、和服を全部ほぐして、のりをぬって、電信柱から電信柱へつないで……。あの伸子張りの応用みたいな方法を考えたこともあったな。

あれは南京虫《ナンキンむし》つぶすのにもいいんですよ、南京虫は穴が好きなの。あの伸子張りのくわえるやつを、身の回りに十数個寝床を取り囲むように置いとくんです。夜の間に南京虫が壁から出てくるんですが、吉行さんの体から血を吸おうと思う前に、いい穴があるものだからそこへ入っちゃって、目的忘れてそこへうずくまってしまうわけ。あくる朝起きると、それをパチッと締める。何十個とある穴のなかに、何十本と針が入って、ぐさっと突き刺してしまう。

吉行　南京虫も、血を吸うより、瞑想《めいそう》にふけるほうが好きだという感じが、なんかショッキングだね（笑）。

開高　私が子供のときに見たその風景の、巨大なやつが工場に仕かけてあって、ガバッと開くの。こっちは針の山、こちらは穴ぼこ、そこへ種を抜いたオリーブがこう入ってるのよ。そこへピメンタを一つ一つ針の山に刺して、いっぺんにバン！……

というようなことを考えたりするんですがね。

吉行　これはもうずっと謎《なぞ》は謎のままのほうがいいね。

アメリカ人はホモルーデンス

吉行　僕のニューヨークは十何年前かな、ヒッピーがはやっているころ、洗いざらしの、いちおう垢《あか》のついていない衣裳《いしょう》を着ている男がね、肩から四角い箱をかけて釣糸を下ろしているのですよ。知ってるか、この話？

開高　知りません。

吉行　じゃあ身を入れて話そう。

開高　断簡零墨に読み落としがあるな。私は吉行全集の編纂《へんさん》委員になってもいいと思ってたんだけど……。

吉行　場所はニューヨークの路上。その男、竿《さお》はもってないんだが、釣糸を地下鉄の通気孔に入れている。

開高　なにしてんのや？

吉行　まあ聞いてくれよ。ガソリンスタンドで、ニューヨーク在住の日本人の友達といっしょに車にガソリンを入れていた。そいつは大商社の支社長なんだね。あれはなにしとるんだと言ったら、ガソリンスタンドのやつもさっぱりわからんと。近づいて行って見たら、地下鉄の穴にはコロコロと転がり落ちたコインがある。ダイム、ニッケル、クォーター。クォーターは磁石にひっつかないんだが、蓄電池を肩からかけて、男はね、磁石を垂らしてコインを釣ってるわけよ。

開高　その苦労のほうが値段が高すぎるんじゃないか、獲物《えもの》よりも。

吉行　〝趣味の人〟かね。

開高　〝趣味の人〟やね。

吉行　しかし、見ていると次々と獲物がある。

開高　そういうのを、ホモルーデンスというんです。遊ぶ人というの。

吉行　かなり切迫している感じもあるんだね。

開高　切迫ね。それじゃこの間僕が目撃したのをひとつ申し上げましょうか。ワシントン広場だったかどこだったか、とにかくニューヨーク、もしくはアメリカと言い換えてもいいです。「生きている音楽箱」と書いてあるの。なにかというと、どんよりとした箱で車が四つついてるの。それが道の上にポンと置きざらしにしてある。縦にたくさん穴があいていて、一番、二番、三番と順番がついている。そこにセントルイスブルースとか聖者の行進とか書いてあるわけ。

吉行　ジュークボックスだね。

開高　で、片方に二五セントを放り込めと書いてあるの。まずクォーターを放り込むわけ。次に自分の聞きたい曲目のところの穴のなかに指突っ込めというのよ。それでセントルイスブルースのところにポンと指突っ込むでしょう、そうするとなかでやんわり握るの。あらっと思っていると、にわかにその乞食《こじき》箱の蓋《ふた》が開いて、一人の男が立ち上がり、トランペットをパパッパパァーパパパパッパパーと一節だけ吹いて、パタンと消えちゃうの。

吉行　ハァー、これは素晴らしくていいなあ、握るというのは。

開高　これもホモルーデンスや、民度が高いと思うたな。

吉行　二五セントか。

開高　僕は旅行者だからね、二五セントがどれくらいの痛切さを持つのかわからないけど、みんなジーッと見ているわけ。だから思うにですよ、乞食箱のなかで一日中、ジーッとトランペット抱えて座っていて、どこからお金が入って、どこの穴から指が入ってくるかということだけ見つめているやつがいるわけです。ハンバーグかなんか食いながら、それで三番、またセントルイスブルースかというので、キュといっぺん握っておいてからパンと蓋開けてパパッパパッパー、最初の一節だけ吹くんだ。生きている音楽箱、リビング・ミュージック・ボックスというの。

吉行　最初の一節じゃすぐすむなあ。

開高　だからびっくり箱なんです。黒人の頭がポカンとバネで飛び出してくるのがあるでしょう。

吉行　ただびっくり箱だって、ドラキュラ・ボックスなんて、もうちょっと時間がかかるしね。

開高　おもちゃに詳しいあなたには、これはとってもアピールする話じゃないかと思って用意してきたの。

吉行　あまりにも素晴らしくって……（笑）。

開高　おれは、ああ民度が素晴らしいと思ったね、あのとき。

吉行　五〇円ですよね、クォーターというのは。そうすると二〇人きても一〇〇〇円か。

開高　それよりも大兄どうでしょうか、食い詰めたトランペッターが、落ちぶれたあげくにどこにも雇ってもらえない。『四畳半襖《ふすま》の下張』書いたってもうだめだと。

なにをしたらええかということを考えついて、ある日、発見した！　と叫ぶんですね。それでゴミ箱を作りまして、穴を一個ずつ三ツ目キリで開けていって、ありふれた曲名をどんどん書き込んでいく……。ペンキで書いているうしろ姿が目に見えちゃった。

吉行　僕もそこが言いたかった。つまりやっぱり食い詰めが先にあると思う。

開高　そうです。

吉行　さっき言った釣っている人も、やっぱり食い詰めていると思う。

開高　それでね、その箱をそこまで押してきたのは、おそらく、かあちゃんじゃないかと思う。

吉行　なるほど！　それはまた素晴らしい発想だ。

開高　彼をゴミ箱のなかに閉じ込めたままで置き去りにして、家へ帰っていくわけだ、かあちゃんは。彼は箱のなかに座ったままよ。それで指がどの穴に入ってくるか、じっと待っている。内側にも穴の横に、セントルイスブルースとか聖者の行進とかいろいろ書いてあるわけでしょう。オッ、またこれかというので指を握って……これはユーモアがあったし、実に人間的。おれは感動しました。

吉行　さっきの釣っている人はわりに若いくせに禿《は》げ上がっていて、紺色のヤクザの戦闘服みたいなのを着ていて、あまり垢じみてはいないけれど、やっぱり粗末なんだ。それで僕は近寄って行って、あなたはエジソンみたいな人だと言ったら、ものすごく喜んで、オーオーと握手してきた。

開高 認めてくれたかと。

吉行 食い詰めのついでに話すと、僕にも感心した人がいるんですね。それは開高と新宿の区役所通りあたりで盛んに飲んでいるころね、あのころ酔っ払って角筈《つのはず》の信号で待っていた。信号を待っている人はイライラしているでしょう。そして赤が青にパッと変わって、一歩踏み出した途端に横からパッと手が出て、一〇円と言うのね。じいさまなんだよ。そうすると早く渡りたくて、反射的に一〇円パッと渡してしまう……。

開高 それは日本的やな。間合いの呼吸を知っていらっしゃる。

しかし、ニューヨークの生きている音楽箱とか、それからワシントン広場の夏の夕方なんていいな。雰囲気がいい。

吉行 その指をじわっと握って、生きている音楽箱からピョンと出てくる男の方は年のころはどのくらいですか。

開高 例によって髭《ひげ》生やして、キリストか海賊かという顔をしてたんで、よくわかりませんけど。

吉行　グリニッジビレッジスタイルね。

開高　ヒッピースタイルなんですけども、いっぱしにトランペットを吹いて見せたな。ただし、最初の一節か二節だけで、二五セントをおとりになっていらっしゃるあたり……。

吉行　味がある。

開高　愉快だった。どれだけ長続きするかわからないけれど、大道芸人はいっぱいいるわ。この大道芸人を見て歩くのは楽しい。ロンドンのピカデリーサーカス、パリのジスカール・デスタン広場、それからニューヨークのワシントン広場、自分が好きでやっているやつが来るんですね。なかには二十年前くらいは錚々《そうそう》と鳴らした偉いジャズメンなんかもいる。いまや世に受け入れられなくなっちゃったが、音楽だけはなんとかして弾きたいというので、仲間を誘い合わせてくる。金はいらん、ただ楽しみのためだけにやっているんだと。まさにその当時のままでね、よれよれのじいさんです。これがバスだなんだと抱えて、ズンダンズンダンやっている。だけど音色がいいんですね。これだけの音色をもっているやつが、廃物並みに扱われている……。この都は恐ろしい。

吉行　層が厚いな。

開高　なかなかのものやと私は思わせられて、ゾーッとなりましたがね。

もう一つ面白いのは、ニューヨークにも建前と本音という例のものがありまして、リカーショップ（酒屋）で酒を買いますと必ずハトロン紙袋に入れてくれる。ハトロン紙袋があったってなくたってかまわないようなものなんですが、あそこは麻薬中毒、アルコール中毒、それから離婚を二度か三度かやって、別れた女房とか子供に金を払うために、身代食いつぶしてだめになっちゃった男とか、それはまあ話を聞けば切実よ、あなた。

吉行　それは切実ですな。

開高　それがよれよれよれよれと、朝の幻、夜の幻、町角をフラフラしているんです。でも必ず瓶は紙袋に入れている。ジンであれ、ウイスキーであれ、ウオツカであれ、紙袋に入れて飲んでいる限り、警官が来たって大丈夫、ところがむき出しの瓶で飲むとやられる。これ面白かったね。

それから私は男の乞食と女の乞食を比べて見た。女の乞食ははなはだしく少ないです。なんでそうなっているのかわかりません。女の最後の武器というやつをいつまでも使っているのかどうか。男のほうは風貌《ふうぼう》から見受ける限り、プリンストン大学卒業から字のよめんおっちゃんに至るまで、あらゆる目つきと風貌を備えた乞食が、あそこをウロウロしている。冬になれば野たれ死にやろね、町角で……。

新しいスノビズムが台頭するアメリカ

開高　タイムズ・スクエアあたりのセックス・ショップ、あれはどれもこれも二五セントでね。それで風呂屋《ふろや》の銭湯の番台みたいなところに、おっさんがおりまして、二五セント玉の山を作っている。そして「サア、いらはい、いらはい」としゃがれた声で呼びこんでいる。入って、一ドル札、五ドル札、一〇ドル札を出すと、パチンコ玉みたいに全部二五セント玉に、替えてくれるの。映画見るのもナニ見るのも全部二五セント。

そのなかでひとつ気のきいたのがあって、向こうのほうのガラス箱のなかに若いかわい子ちゃんが水着を着て入ってて、赤い電話線が一本通じてるんです。「この子はハーバード大学出ではありませんけれども、頭のいい子です」と、こう説明が書いてあるのね。それで「あなたがどんな猥談《わいだん》をやっても、ピンポン玉みたいに打って返します」っていうの。こちらに受話器が置いてあって、二五セント入れたら、声をかけられるんだが、彼女は挑むような笑顔で、ガラス箱のなかからこっち見てる。これ、やりたくてしょうがなかった。話しかけるストーリーも頭に浮かんだんだけど、それに向こうが打って返した答えがわからないようでは……（笑）。

吉行　それはそうだな。

開高　これはカトリックの懺悔聴聞僧《ざんげちょうもんそう》から思いついた商法じゃないかという気がするんだがね。

吉行　ずいぶんそれは洒落《しゃれ》た発想だな。アメリカって文化国家になったんだね、ずいぶん。

開高　これは「ホットライン」というの。

吉行　いいですね、ホットライン。

そういえば、この間、家にハーバードの教授が来たんですよ。彼はなにを飲むんだろうかって、とても興味があった。つまりイギリスに対してコンプレックスをもっているから、バーボンのストレートと言うんじゃないかなと思ったのね。そしたらスカッチと言った。しかも水割りと言ったねえ、アメリカは弱ってきたなと思ったな。

開高　なるほど。

吉行　ホットラインの見せものが作られる民族になってきたわけや。これはもうソビエトのほうが強いんじゃないかな。

開高　そうね。それから電話ボックスみたいな〝覗《のぞ》き窓〟があった。椅子《いす》が全部置いてある。近ごろ気のきいた大衆食堂と同じ。なかでやる映画のヤマ場が全部カラー写真になって一枚ずつ張りつけてある。二五セント玉持って入って、A、B、C、Dというのと、一、二、三、四というのが張りつけてある。二五セント玉持って入って、A、B、C、DのBで見るとブーブーちゃんと女がやっている。白黒、黄色黒、ありとあらゆる順列組合せがあります。ブーブーちゃんとやっているので、AならAをポンと押すわけ、するとカタカタッと浅草のあれがはじまる。コマーシャルの時間くらいで、パタンという野暮な音がして切れるの。またあわてて二五セント放り込む……。

ここで知見をひとつ述べたいが、ポルノ映画を何百本……は大げさか、外国や日本で、何十本と見ていくうちに気づいたことだけど、回春剤としてポルノ映画を見たければ同胞が出演するのを見ろ、日本男と日本女の胴長足短か姫の出てくるポルノ映画を見なさい。するとこれはムクムクとくる。日本男が西洋女の出てくるポルノ映画を見ても、回春剤にはならん。これは生活の記憶という問題でね。フランス女がいかに悶《もだ》えてアーボン、アーボンと言っても、鳩《はと》時計が鳴いているようなもんで……。

吉行　しかしね。サンフランシスコでポルノ館へ行ったらガラガラでね、おっさんが、ガーッとすごい鼾《いびき》かいて寝ておったよ。

開高　アメリカ男が……（笑）。それはもう、よくよくあかん。マイアミへ行くと、あれは老人の国で、もう無気味なんだけども、ワンブロック歩いても、ツーブロック歩いても、ヤングに一人もお目にかからない。夕方になると、あらゆるアパートやらマンションのテラスには、おじいさん、おばあさんがいて、ボーッと夕日を眺めているというすさまじい風景がある。

それがどこまでいってもそういう風景ばかりでね、お迎えを待っていらっしゃるんだけど、それでジュークボックスに二五セント放り込んだら、出てくる歌がみんなわれわれの知っている歌ばっかりや。「センチメンタルジャーニー」とかね。懐《なつか》しいことは懐しいんだけどね。で、ポルノ館もちゃんとあるのよ。行ってみたらじいさん、ばあさんがポルノを鑑賞しているんだけどね、これもガラガラにすいている。

吉行　これはどう解釈するかね。ロサンゼルスだったかな、シニア割引きというのがあるんだよ。シニアは何割か引いてくれる。あれはどういう発想だろうね。

開高　シニア割引きって聞いたことないな。いくつぐらいからシニアというの？

吉行　シニアというのはアメリカでは六十歳からだという。だけどまず自分は六十過ぎておると申告する必要があるわけね。

開高　映画館の窓口で。なるほど。すると社会保障の証明書かなんかを出すわけやね（笑）。

吉行　口で言えば許してくれるんじゃないかね。言ったということによって。これは来し方を考えるかわいそうな人達には割引こうということかな。

開高　なるほどね。南米のベネズエラという国はカトリック国なんだけれども、ポルノのオープンに踏みきったんです。ただし、ＡＢＣＤとランクがつけてあって、それぞれ全部上映時間が決まってるの。Ｄ項というのは要するにハードコアのものすごいポルノなの。削除抜き、蝶々《ちょうちょう》抜きのやつ。これは夜中からはじまるんです。おっさん、おばはんだけしか見られないということになっているんですがね。時間によって分けてたみたいです。

吉行　おそらくシニアというのは、実戦に参加できないということに関する割引きだな。

開高　「お気の毒ですので、引かせていただきます」（笑）

吉行　それそれ、それがいちばんおかしいよね。

開高　アメリカではもうひとつ気がついた。いまの若者は酒飲まない、煙草《たばこ》吸わない、マリファナ吸わない、ヘロインやらない、ＬＳＤやらない、こういうのが一種のスノビズムの流行じゃないかな。しょっちゅう見かけた。

たとえば、アラスカの荒野の河下りを一週間から十日かかってしながら、釣っちゃ野宿しをくり返していた。その時私の雇ったガイドがときどきやって来て「煙草を一本貸していただけませんでしょうか、いずれお返ししますが」とこう言う。「やるよ、持って行きなさい」と言うと、「いやいや、それでは私の方針に反する」。一日くらいすると、また頭を搔《か》きながら、「煙草を一本……」と同じことをくり返す。それがあんまり続くんで、おまえ酒飲まんのか、と聞いたんです。酒は飲みません。ウイスキー飲まないの？　飲みません。ビールは？　飲みません。ほほう、煙草は？　あなたに借りるくらいです。マリファナは？　やりません。それでビタミン剤飲んでるんだな。なんのために？　とたずねると、「長生きしたいから」と言うんですね。

吉行　それをスノッブと解釈するのは面白いけどね。セックスはどうなの、その連中？

開高　セックスのほうは聞かなかったですけどね、相手がいないもんだしね、クマしかいないところだから。
吉行　クマねえ（笑）。
開高　ドナルド・キーン氏に、ベトナム戦争以後に、アメリカ本土の若者に、なにか変化がありましたかと聞いたら、若者が教会へ行くようになった、それから料理に関心をもち出してきた、この二つが特徴でしょうか、というようなことを言ってたな。
吉行　弱ってきているな、みんな。
開高　おとなしゅうなってきよった。イタリア人が嘘《うそ》をつかなくなり、フランス人が働くようになり、アメリカ人が政治の議論をやめるようになったら、そろそろこの世はおしまいじゃないかな。
吉行　嘘をつかないイタリア人がスノッブというのはものすごくおかしいね。
開高　イタリア人が嘘つかなくなったら、もうこれは店じまいしたほうがいいんじゃない。

第二夜——〔悦楽〕の遁走曲《フーガ》

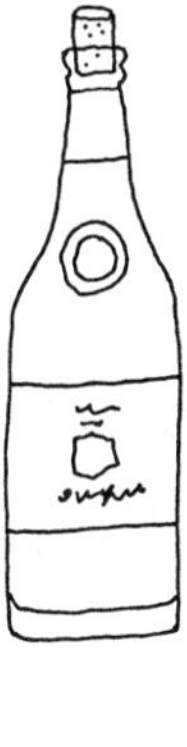

■デスクサイド

「真夏はいいね。ほう、ストレート！」と吉行氏が東京・丸の内のT会館、フランス料理店の一室に入ってこられる。開高氏はすでに到着しておられ、ウイスキーのグラスにはサントリーインペリアルがなみなみと満たされている。ピッチが速い——。

「二十代から、私は黒っぽい服装のほかは、どうしても似合わない」（『身辺雑記』54・1）と書いておられる吉行氏は、今宵《こよい》も黒ずくめの装《よそお》い。七月中旬に出たばかりの稲越功一氏の写真集『男の肖像』の中の吉行氏と同じ涼し気な印象である。

アイドリングをすっかり終えていつでも走り出せる開高氏、早速、吉行氏にウイスキーのストレートをすすめた。それを軽くかわして吉行氏は、ドライシェリーを注文。軽妙、洒脱《しゃだつ》、高雅にして教訓をも含んだ言葉の華が円卓の上をゆきかう。

かくて、三ヵ月ぶりの対談の第二夜は始まる——。

酒も女も好みのタイプは

吉行　今日はストレートで飲んでいるんですか。
開高　そうです。
吉行　すごいね。どうも。
開高　いや、僕はストレートしか飲まないの。一杯どうです。
吉行　冗談じゃない。ひっくり返っちゃう。
開高　はじめのうちはそう言っているけどね。
吉行　いやもう、いまそんなことやったらだめだよ、おれは。ドライシェリーを一杯もらおうかな。
開高　シェリーは好きですか？
吉行　二十年ほど前に胃潰瘍《いかいよう》をやったんです。でも酒をやめるのは口惜《くや》しいから、シェリーだけはずっと飲んでいた。バーでね。そしたら半年もたったら胃潰瘍が消えちゃったな。

開高　当時、あなたの年齢で、バーでシェリー飲んでいたとなると、これはちょっと洒落《しゃれ》た人やというふうな目で見られませんでしたか。
吉行　洒落たというよりも、ちょっと気障《きざ》だと。だから気障ですみませんけれどという、前置きがいる感じだったな。
開高　そうでしょうね。
吉行　いまはホテルでもどこでも、バーでシェリー注文する人がいるものね、ドライで。食前に一杯という感じでね。
それから、どうしてもわかったようでわかんないのは、ショート・ドリンクスとロング・ドリンクス。まず器の問題がある。
開高　あります。
吉行　それから飲む時間がある。そこまでは明快にわかる。ところがシェリーはロング・ドリンクスとしても扱うことができますね。これはどういう意味ですか?
開高　それはシェリーは母体がブドウ酒ですから。ブドウ酒というのはご存じのように朝昼晩いつ飲んでもいいし、たっぷり時間をかけてもいいし、食前にでもいいし……。
吉行　アペリティフをそのまま延長して、どんどん飲み続けてもいいと。

開高　そう、ブドウ酒ですからね。
吉行　それはグラスも同じ、飲むスピードも同じ？
開高　とくに様式は決まっているようには見えないけれども。
吉行　ショート・ドリンクスが、ずっと並んでロングになっていいということだね、結局は。
開高　ただロング・ドリンクスの場合は、一杯注《つ》いで置いといた場合に、三〇分置きざらしにしておいても、味が変わらないものであってほしい。ショート・ドリンクスの場合はキュッ、カッ、ポン！。
吉行　置いとくと味が変わるわけか。
開高　そう。置いとくと気が抜けちゃうというようなことになりやすい。
吉行　シェリーは放っといても大丈夫だと。
開高　冷たく冷やして飲んでもいけるし、そのままでもよいし、オンザロックにもできる。
吉行　それがポイントだな。ようやくわかりました。
開高　近年、イギリス人が自堕落になったのか、新手を見つけようというのか、彼らのおじいさんが絶対やってないことをやり出しましたね。シェリーをオンザロックで飲み出した。そんな氷の上にシェリーをぶっかけるものやない。大英帝国も傾いたと、じいさまが見たら叫ぶんやないかと思うんだけど、平気でやるようになってきたね。

それからビールでも泡が蓋《ふた》の役をあまりしない軽いタイプがあります。グーッと喉《のど》で味わおうという、夏飲むやつ。こういうのなんかはビールはビールでも、やっぱりショート・ドリンクスの部類に入るでしょうな。だけどピルゼンタイプ、いまチェコ領になって、ピルスナーというチェコ名前になっているけど、あそこらあたりの重いタイプのビールになると、どっしりとしていて、いつまでも緻密《ちみつ》な泡がクモの糸みたいに立ち続けていて、それが蓋となって、ジョッキに一杯盛ると一時間でもねばれる。

吉行　気が抜けない。それはすごいね。

開高　ただしたくさんは飲めない。

吉行　度が強いの？

開高　強いということもいくらかありますけども、ビールそのもののタイプなんですね。

吉行　飽きるんだね、コクがあり過ぎて。

開高　コシがしっかりし過ぎているわけ。あなたの好みじゃないんです。
吉行　いや、どうかな。
開高　いや、作品から伺えるところではよ。好みでないように思いますが、腰のしっかりした女は（笑）。
吉行　いやいや。このごろ僕が感心したのは、開高大先生の『言葉の落葉』という本を送ってもらってパラパラ見ておったら、僕のことが書いてあってね。
開高　若書きで恐れ入ります。
吉行　つまり古今東西恋愛小説はたくさん読んだけど、女の子がおしっこするところからはじまるのははじめてだと。そこで僕の好みのタイプのことを書いている。かなり具体的に詳しく書いてあるんだけど全部当たってんのね。マリー・ローランサンの絵みたいに、首が細長くて煙ったようで、ただ一点、細いけど腰はしっかりしていると、あなた書いているよ。
開高　失言……プハッ。
吉行　これはよく見ているなと思った。腰がしっかりって、あまりしっかりし過ぎもいやだけど、つまり着やせね。
開高　トランジスタグラマーね。剝《は》いでみればムッチン、ブリンブリン……。

吉行　そうそう。
開高　しかし大兄、それはいつごろ書いた文章でしたか？
吉行　あれですか、『星と月は天の穴』におしっこを書いたんだから十五年くらい前だな。

ひとりは万人のために

開高　十五年以上も昔の記憶ですが、新宿に地下や半地下のバーがありましたな。
吉行　「トト」だな。
開高　「トト」もあったし、「ゴードン」。それから、ときどき大兄に六本木のほうのバーに連れて行ってもらいましたね。
吉行　あれはへんなバーでしたね。
開高　そこで遠藤周作に口説かれた女をあなたが膝《ひざ》の上に抱っこして、少し舌足らずで、たるいその女の子の話にウムウム、ウムウムと言っていたのを、私は横で聞いていたことがある。
吉行　舌足らずで、たるいという意味は？

開高　ものの言い方が……。お脳があたたかいと言うのかしら。それで私は家へ帰って腹抱えて笑っちゃったんだけども、横で聞いていたら、この間、遠藤先生がカンヅメになっていて、おい、励ましに来いとおっしゃるので「私行ったのよン」という調子でやっている。吉行さんが「ウムウム、それで、それで」。そして、いざとなったら、遠藤さんがね、浴衣《ゆかた》の前を押えてウロウロ逃げ回ってるというの。「おれはカトリックだから、子供のときからカトリックで、そのあれで、どうも、あの、なんだ……」。要するにできないというので、逃げ回るような格好を見せたと。さんざん誘っておきながら、いざというときになって逃げを打つというような意味のことを、たるーい言葉で喋《しゃべ》って、最後に女の子が言うたのがよかった。「あの先生、インポテンポじゃないかしら」（笑）

吉行　運否天賦《うんぷてんぷ》のインポテンポね。僕の観察によると、あれはマダムが惚《ほ》れたのね、遠藤に。

開高　マダムが！　遠藤周作氏にもそういう磁力があるんですね。

吉行　めずらしいことですね（笑）。

開高　ふうン。

吉行　遠藤はクリスチャンだから、どこかやさしいところがあるんじゃないのかね。

とにかくマダムのほうから魔法瓶に味噌汁《みそしる》詰めて、ホテルへ運んでいたんだよ。

開高　そのマダムというのは、あなたが膝の上にのせたあの子ですか、舌足らずの。

吉行　そうです。そのインポテンポ・マダムは僕にはこう言ったよ。「遠藤先生ってもういやッ」いざっていうときパンツ三枚はいて十字切ってる、というんだね（笑）。

開高　横で聞いて、もう笑いが止まらなくてね。

吉行　この話はもうちょっと続けると、つまりこういうことなんですよ。あるコールガールの女業者が刑務所に入って、半年勤めたわけね。年季があいたんで、僕がご苦労さままでしたと個人的に慰めに行った。新宿のどこかの喫茶店で会ってね。

開高　苦労人吉行の面目躍如ですな。

吉行　それでまあご苦労さまと言って、ついてはご祝儀《しゅうぎ》がわりにひとり世話しろよと。そしたら、じゃあバーのマダムを紹介しましょうと。で、会ったのがあの女性だ。あとで考えてみると、刑務所に入っているあいだに手もちの女性はいなくなっていてね。さりとて、そう言うのはプライドが許さない。そこで、いまや身を落ち着けているあのマダムに頼んだんじゃないかな。場所聞いて、どうせ嘘《うそ》だろうと思って行ったら、本当なんだ。さあ、というんで、もうどんどんみんなを連れてったわけね。楽しみは独占してはいけないからね。

開高　ひとりは万人のため、万人はひとりのため。ワン・フォー・オール、オール・フォー・ワン。

吉行　楽しみは分かち与えろと、そういう気持ちでね。ただその刑務所のルーツはあまり人は知らなくてね。そこがまたおかしかったんだ、僕としては。

おや、大兄、なにを飲んでいるんですか。すごいね。おまえさんのやることは、恐ろしいね。

開高　このウイスキー、私の喉にはスムースに入るんだ。

吉行　しかしそれはちょっと明日がまいるぜ、半死半生になるから。やっぱり僕はシェリーのあとはワインを飲みたいですね。ワインは今日は大兄は飲まないんですか？

開高　いや、付き合っていいです。なにを飲むかによるが。

吉行　だいたいなにを食うんだろうね、それからはじめなければいかん。もっともいまではどんな料理でも赤飲んでいいという説があるけど。僕はまず必ず定価から見るんだ。

開高　セニョール、今夜は、気にしなくてエエです。

吉行　そうなると考え方ががらりと違う。
開高　吉行さん、高いのふっかけて下さい、私も勉強したいから。今日は勉強の場なんだから。
吉行　いろいろありますな。ここに赤字で書いてあるのはおすすめ品か。
開高　当たり年ということじゃないですか、ヴィンテージの年。
吉行　シャトー・マルゴーね、これなんかいいね。しかも比較的安いね。
開高　セニョール、その高い安い言わないでおこうよ。今日は勉強の場なんだから。
吉行　赤字のわりに安いという……。
開高　実にいじらしいですな、日本の作家は。
吉行　いや、やっぱり長年の空腹時代を経てきているからね。
開高　お互い、かつかつしたもんでして。
吉行　〝時価〟なんて書いてあると怖いね。あの言葉は。資産一〇億以下は来るべからずという言い方みたいじゃない。
開高　しかしフランスだったらプリ・ド・セゾン、季節の値段というのがありますね。
吉行　原則的にすべてお高いですよ、という意思表示に見えるんだな。
開高　それは、いまがいちばんうまいんだから、うまい盛りの旬《しゅん》のところを出しますから、お値段は張りますよと。

吉行　やっぱりお値段は張るんだね。そこは確認しておく（笑）。プリ・ド・セゾンという言い方は脅迫的でなくていいけど。

開高　いちど頭に入れるが、それは耳の穴から振り落としていただきたい。大兄、マルゴーでいこうよ。おれもウイスキーやめた。話聞いているうちに。そっちへ鞍替《くらが》えするわ（笑）。

吉行　ところで僕は忘れもしない、昭和二十一年にコーヒーが三〇円のところと五〇円のところがあった……。

開高　よく覚えてますなあ。

吉行　なぜ覚えているかというと、ポケットに六〇円あった。そのときばったり銀座でいい女に会っちゃったわけよ。憎からず思っていた女なんだが、まだ二、三回しか会っていない相手でね。お茶でも飲みましょうかと言って、もし五〇円のところへ飛び込んだらもうだめだからね。

開高　なるほどハラハラドキドキの巻ね。

吉行　ついに喫茶店に入らないで、銀座通りを二度ほど往復して別れたという、わびしい思い出なんだよな。

開高　純情詩集ですな。
吉行　そう。
　なぜかサバは女のヒモ
開高　ここで気をとりなおして、酒の肴《さかな》の話をしますと、秋のころの脂《あぶら》の乗りきったサバ、それをほんの軽く塩と酢を打つだけにして、しめサバにするんです。切口が虹色《にじいろ》に光っているようなやつ。安くできます。
吉行　表現がいいですね。おまけに、サバにまで値段をつけて下さる。
開高　それを肴に、僕はいっぺんひとりでどのくらい飲めるかやってみたことがある。プイイ・フュイッセというワインを二本空けたな。ほとんど生に近いしめサバをさかなにして。
吉行　ブルゴーニュの辛口の白ね、それはいいかもしれない。
開高　最高にいいです。日本のサバ、これも最高にいいです。僕はフランスとドイツでも秋のサバを食ってみましたが、脂味がちょっと欠けるね。
吉行　形は似てるの？

開高　形はそのまま、シマ模様も同じ。だけどコクがない。パサパサしとるです。
吉行　イワシはうまかったよ、パリで。
開高　イワシはいいですよ。ヒシコイワシだから、あのへんで食べるのはアンチョビなんです。
吉行　ヒシコイワシ＝アンチョビなの？
開高　そうです。
吉行　それにしちゃ少し大きかったな。
開高　まあ場所にもよるし、餌《えさ》にもよるし。
吉行　貧乏している最中の江原順を訪ねたときのことでね、「ちょっと待ってくれ」と言って、彼は空の瓶一本持ってね、ミュスカデ一本とイワシを一山買ってきた。自分んちのコンロで、炭で塩焼きにしてくれて、これはとてもうまかった。
開高　それは非常にいいコンビネーションでしょう、イワシのわたのほろ苦いところもね。
吉行　当時、十七、八年前だから、ミュスカデも一本二〇〇円くらいだった。三フランくらいですね。
開高　それはいいでしょう、最高でしょう。ところでちょっとお聞きしたいことがある。フランス語でマクローというのですが、これは鯖《さば》、同時に女のヒモの意味ですね。ところが妙なことにドイツに行っても同じなんですね。ヒモのことはドイツ語でもサバと呼んでいるんです。なんでヒモがサバやね。ちょっとあなた様のご解説をいただきたい。

吉行　まったく自信ありませんけれど、そういうことは興味をもちますね。マクローというのは、もう中学生のころから知っている言葉だよね。だれに聞いたか忘れたけれども、サバという魚はとめどなく食うんだって。

開高　そうです。貪欲《どんよく》です。

吉行　それにかかっているんだろうと言いましたな。

開高　目に脂膜がかかって、旬の季節になると目が真っ白になっているのがいます。生きたままでね。

吉行　脂がかかり過ぎて……。

開高　そこまで貪欲になるわけなんです。もう一つ私の解説では、シマ模様ね、シックで洒落《しゃれ》とると。

吉行　マドロスシャツ。

開高　それそれ。シックで洒落ていて、しかも貪欲というので、サバと呼ばれるようになったんではないですか。
吉行　シマのなんとかのマドロスさんという歌があった。
開高　シマがないことには貪欲だけではマクローになれないんではないか。エレガンスとかシックとか、町の女の美学ではそれがないことには。
吉行　やっぱりそれは一対一の関係だからな、片方だけ貪欲でも成り立たない。
開高　それからモンマルトルあたりで聞かされたところでは、マクローというのはえげつないやつらで、どうしようもないアナキストで、女をこてこてにしぼり上げるということになっておる。ところが町の女にしてみると、マクローを一人情夫にもたないことには、一人前じゃないというふうなところがある。
吉行　仲間に対するステータス・シンボルか。
開高　ピガール広場で聞いたところでは、そういう気味があるようでした。
吉行　日本のヒモというのは容易じゃない、非常に努めるでしょう。
開高　努めます。七輪を扇《あお》ぎますな、早く言えば。髪結い床の亭主というイメージがあります。
吉行　向こうでもそういう要素があるんじゃないの。
開高　あるんでしょうね。『北ホテル』を書いたダビの小説なんかに、そんなマクローが登場してきますよね。

吉行　十数年前にアメリカのヒモの話を読んだんだ。これは面白過ぎて、作り話かなとも思ったけど。朝起きて、コールガールの横にヒモが寝ているのね、すると、ああ私よりダメな人間がここに寝てるって思うんだって。

開高　例の母性愛やな。私がいなきゃこの男、ダメになると。

吉行　いやそうじゃなくて、私よりもっとダメなのがいると、私というものが、立場として救われるわけだ。もっとひどいのがいる。私はまだいい、と思うためにいるんだとね。ちょっとなんかわかるような気がするんだがな。

開高　でもどうなんでしょうね。私の〝女学〟のひとつにこういうことがあるんですがね。女というものは、絶え間なく少しずつ、自分を男に向かってこぼし続けていかずにはいられない。

吉行　こぼすというのは水をこぼすようにね。

開高　ええ。そして必ず手を通じてね、台所仕事であれ、縫い針仕事であれ、パンツや褌《ふんどし》の修繕であれ、なんであれかまわない。朝顔に水やるのでもいい、女には絶え間なく少しずつ自分の手を通じて、自分をこぼし続けていかずにはいられない、という特質がある。

吉行　その言い方は、とてもいいね。女の本質をきれいに言っている。要するに面倒みたいというわけね。

開高　下世話に申せばそうです。ちょっと西洋流に言うてみたらそうなる。そうするとシマズボンがだらしなく、くたっと横でのびていて、髭《ひげ》ののびあとも見える。ああ、私もダメだが、私よりダメなのがここにいると……。

吉行　というのが第一段階で。

開高　彼女はいつも上から見下ろされている生活しているから、自分が上から見下ろせるのは、乞食《こじき》かマクローぐらいしかいない。そうなるとやっぱりこれ、不良少年がかわいいというのと同じで、かわいい男になるのでしょうな。

吉行　二重構造ですな。第一弾ロケット発射と第二弾とあるわけね。それはよく納得できるね。

開高　それからマクロー道としては、どこかにひとかけら純情を残しておかないことにはダメでしょうね。それがジゴロのレーゾンデートル（存在理由）みたいなものじゃないでしょうか。

吉行　純情を残すというか、残るというか。

開高　ほかに使いみちがなくなって、これしかないと、生地を出してしまう。

吉行　それはきわめてよくわかりますね。サバといえば、〝銀流し〟という言葉がありますな。
開高　いまは死語になっちゃってて、床しいあなたぐらいが喋《しやべ》るぐらいですな。ロックンロールのシルバーフローというものじゃないかと、おたずね返しになるんじゃない？
吉行　昭和一ケタは遠くなりにけりだな。
開高　おっしゃるとおり。
吉行　大正はもっと遠い。
開高　大正末年も早黄昏《たそがれ》の日は西に傾いて……。
吉行　〝銀流し〟についてはいろんな人がいろんなことを言っている。ある人は青光りする魚が群れをなして泳いでいて、それが一斉に横腹を見せたときの感じだというの。
開高　ギラリひらめくやつね。
吉行　じゅうぶん納得できない説なんだ。
開高　だけど釣師の私の立場から言わせると呑《の》み込めます。その美学は鋭いと思います。ただ群をなしていて、ひらめくときに白い横腹がギラリと見えるというのではカツオも同じ、イワシも同じ、サバも同じなんです。ただサバにはシマ模様がありまして、たいへんにシックなんだ。
吉行 この〃銀流し〃というのは普通の当たりまえの解釈はなんだっけ。
開高 偽物《にせもの》、ガセ。
吉行 銅の上に銀をメッキして……。
開高 俗に言うガセですよ。
吉行 テンプラだね。
開高 そうです。そのテンプラについて、この間面白いことを聞いた。アラスカへ行って、もう明けても暮れても十日間河下りしてね、要するにサケ、マスを釣って、垢《あか》まみれになって、蚊にくわれるだけの生活やってたんです。そのときにでた話なんですが、大学生の卒論をアメリカでは俗にどう呼んでいるかと聞いたの。そうしたら一言で答えたな、「ニッケル」と言うんだって。キラキラ光っているけども、所詮《しょせん》は安物という。ちょっと銀流しにも通じますね。
うまいこと言うと思って、人民の英知を感じましたね。仏文科大学生の書くマルセル・プルースト論なんてね。私だって昔はそんなもの書きましたが、誰でも必ずこのニッケルの段階は通過すると思うんですよ。でもニッケルとは、うまいことを言うね。

吉行　それ、いろんなところでいけるね。

開高　そう、いまのマスコミ、芸能、文化、みなそうや、キラキラ光っているようだが安物。

吉行　これはいこう、はやらせよう。

開高　大兄と私、共同作戦でいきましょうか。ただ日本にニッケル貨はないのね、昔はあったんだけど。

楊貴妃《ようきひ》の珠《たま》の脂《あぶら》

吉行　戦争直後に外食券食堂というのがありましたね。僕も二年ほどご厄介になりましたけれど、外食券食堂というところは美人が皆無なのよ。女というのは、栄養が悪いと美貌《びぼう》が損われるのかと、長いこと考えたことがありました。それを一言のもとに解決したのが、丸谷才一なんだよ。

開高　どう解決した？

吉行　女は美人ならば外食券食堂へ行かんですんだというんだよ。

開高　なるほど。それはあるでしょうね。最後の武器をもっと高級なところで使えたでしょうからね。
吉行　そういう意味ですね。で、僕が見かけた外食券食堂での唯一《ゆいいつ》の美人は共産主義者だったね、当時の。
開高　やっぱりね。
吉行　いま解釈すると、米国帝国主義の資本主義の女にはなりたくないと。その女とある程度親しくお付き合いさせていただいて、ついに手を握っただけで別れましたが。
開高　へえ、あなたが。
吉行　私としたことが。やっぱりちょっと……。シャイなところがあったんでしょうな。
開高　初々《ういうい》しかった。
吉行　とにかくね、その美人が某市長の娘で、女学校のときに韓国人と駆け落ちして、それで共産主義者になっているわけです。
開高　なるほど込み入ってますな、これは。そのあとに朝鮮戦争がくるわけだ。
吉行　昭和二十一年だから。その娘はきれいだった。

開高　韓国の人は、私もある作品に書いたけれど、素晴らしい皮膚をもっている。

吉行　女性ですか。

開高　はい。全部が全部とは言いません。よくハンセン氏病の初期の状態では、皮膚がとても澄んで美しくなると言われるけど、私が接触したのでは、もうほんとうに病気じゃないかと思うぐらい美しいのがいて、糸偏に光と書いて絖《ぬめ》、絹の最上等のやつね、これでもまだおぼつかないくらい。日本の女にもときどきありますけれども、韓国の女に見かけるあのすごさに比べると、とても、われわれのはまだまだ健康過ぎて……。

吉行　だめか、日本人の皮膚は美しいとなっているんだけど。

開高　まだ健康な段階にある。デカダンスを通過してない透明さです。

吉行　中国もいいそうですね。凝脂を洗うという句が。

開高　ありますな。

吉行　楊貴妃か。

開高　珠の脂ね。

吉行　こごった脂だ。あれも感じがある言葉だけれど、まあそういうものですね。

開高　あなたはバンコクを通過していらっしゃいますな。

吉行　バンコク止まりです。バンコクは日本並みでしたね。病気ではないかというのはお目にかからなかったな。

開高　しかし韓国のあれは実に美しい。雪洞《ぼんぼり》のなかで光を燈《とも》しているような感じ、人間の皮膚と思えない。

吉行　それはちょっと良すぎるんじゃないの。宝くじに当たったみたいなものじゃないのかねえ。

開高　そう何度も会ったわけじゃないですよ。傑出した特異な例。

吉行　それは運がよかったのか、それとも非常に多いのかどちらだ？

開高　それはおれは韓国へ行っていないからわからないのよ。大兄の研究に任せますけどね。

吉行　どこだ、日本における韓国ですか。

開高　まあどこでもいいけど。

吉行　どこでもいいですな。あんまり深く追求しないほうが（笑）。

開高　これが人間の膚《はだ》かと思ったな。ところがパリの朝の白々明けの冬の一〇時ごろ、横見てごらんなさい。もくもくの毛がいっぱい生えていて、唇に髭は生えてるわ、シミ、ソバカスがいっぱい散らかってて、よくもまあ夕べこんなものと取り散らかして、まあと……。

吉行　取り散らかしてっていうのはいいね（笑）。

開高　なにを私は狂ったのだろうかと。無惨《むざん》な冬の朝、陽の光で西洋女の膚見てごらんなさい。

吉行　密着できない感じだね。

開高　とてもじゃないけどもね。気の毒や。

吉行　どうせ無惨になるんなら相手は男娼《だんしょう》のほうがいい。翌朝の無惨がいいんだよ。

開高　それは大兄に任せましょう。おれはそこの研究はまだ知らない。

吉行　カーテンの隙間《すきま》から日が射《さ》し込んで、ちょっとのびかかった顎鬚《あごひげ》などが……。

開高　書いてらっしゃいましたな、『寝台の舟』で。

吉行　あれがよろしいんです。

開高　その美学はまだわからない。とにかく西洋女っていうのはわれわれのように膚の美しいアジア人から見ると気の毒だ。男でも日本人、アジア人の膚はとても美しいんですね。髪の毛も喜ばれるんです、ちぢれっ毛でないし。

作家とホステスが相寄る魂

開高　日本の酒場については、これは外国とは比較になりませんな。フランスのキャフェというのは女がいない。

吉行　キャフェはコーヒー店でしょ。

開高　いや、酒場もあります。コントワールがあって飲めますでしょう。

吉行　街娼との契約をする場所でしょ、あれは。

開高　まあ、あなた様の目から見ればそうなるでしょうけど（笑）。それだけではないでしょう。酒飲み台のことをコントワールというんですがね、亜鉛板だからザンクともいうんです。コントワールの置いてないキャフェってまずないでしょう。

吉行　それはなんなの。

開高　バーのこっちゃ。

吉行　パリのことはよく知らないけど、とにかく街娼との取引きが決まるとシャンパンを抜く。それの記憶しかないね。ブロークン・イングリッシュという言葉があるけれども、スポット・フレンチという感じで、マダムに名前はなんていうんだというと、ジュリエットだというから、ああロメオはあいつかと言って、奥でニタニタしている亭主らしきヒモのようなやつを指さしたら、その酒落《しゃれ》はなんだか通じたみたいだったな。その印象しかないんで、つまり女性がその場所に長くからむ場所ではないと考えていいね。

開高　そうですね。いわゆる酒場というのにはホステスはいないですね。経営者のおかみさんとか、酒注ぎガールとかいうのはおりますけど、見るからに女中の役であって、日本のホステスというのではないですな、日本のはやっぱり一種独特のものやね。

吉行　珍しい形だろうね。

開高　外人には面白がられるやろね。アメリカにも、イギリスにも、あんなバーはない。やっぱり日本独特の産物やね。

吉行　なんなんだろう。これちょっと研究をする必要があるような気がするけど。

開高　やっぱり芸者の変型でしょう、早く言えば。芸者、仲居、雇女をいっしょくたにしてアウフヘーベンしたら、あんなようになるのや（笑）。

吉行　アウフヘーベンか、ウンターヘーベンかどうか知らないけどね。

開高　上昇《アウフ》はしてないなあ、ウンターヘーベンという言葉になるか、下へ下げたやつ。

芸者、仲居、雇女、それぞれになにごとかをわきまえていたやろ。いまのホステスはひどいんでねえか（笑）。

それほどでもないぞという説もあるけど、それぞれの思《おぼ》し召《め》しによって評価が違うからね。銀座に三〇〇軒のバーがあるというけれど、そのなかに女が自前でどこからか金借りてくるか、自分の金を出すか、あるいは親の遺産か、要するに女が自分で金を調達してきて出しているバーというのがどのくらいあるのか。旦那《だんな》がいて金を出して店を出させてやっていると、するとその旦那の職業はなにか。

吉行　それには詳しくないんだよ。

開高　だいたいが歯医者というのが多いですね。歯医者、弁護士、それから当たっておる中小企業……。

吉行　なにも歯に決めなくてもいいんじゃないか？　医者でいいんじゃないか。

開高　普通の医者はだめなんだ、あれ健康保険で制限されちゃうから。ところが歯医者というのは入歯をつくると健康保険外でしょう。そこで水増しができるわけやね。だから銀座のバーの旦那は歯医者が多いというのを聞くたびに、バーへ入って行くと、これで何十本歯抜きよったのかいな、というようなことを考えたりするんですがね。

銀座のホステスというのはものすごい数ですわな。あれにいちいちヒモがいて、旦那がいて、ゼニ出させているとすると、ものすごい脱税額だなと思うんですがね。いまや税金をちゃんちゃんと納めているやつは、女にバー出させてやるような器用なことできないでしょう。とすると、政治家か、個人会社の社長か、あるいは個人商店の大所《おおどころ》の旦那か……これだってもうあまり昔のようなことはできないでしょう。

吉行　昔といっても戦後でもいいんだけど、銀座というところにはつまずいてきている女がいて、その女にはつまずいたことによるひとつの気っぷみたいなものがあった。作家なんていうのもどこかつまずいているわけだ。そこで〝相寄る魂〟というのはあったわけだよな、ずいぶん。

開高　相寄る魂か（笑）。

吉行　それがだんだん一日の給料の保証なんかから逆算していくと、昭和三十年代半ばのちょっと前ぐらいから、絶対ペイしない金額になってきているわけね。こういう舞台を提供してやるから、あなた達は金持ちの歯医者なりなんなりをつかまえろという場所になってきた。このごろもっとエスカレートしてきている。

開高　いつごろからかわかんないんだけど、同伴出勤というのがありますね。要するに客をつかまえて晩飯をおごらせて、その客をそのまままくわえ込んでバーへやって来ると、お給金が違うというわけ。客こそいい面《つら》の皮でね。いつごろからですか、ああいう風潮が蔓延《はびこ》ってきたのは。

吉行　十八年前のホステスの遅刻代は三〇分二〇〇円だった。ただし同伴出勤すれば遅刻代は取らないというのがそのころからあった。このごろはもう非常に露骨に、その気で入ってきている。つまり入ってから気がつくんじゃなくて、その気で入ってきている女が多い。

開高　そうです。だから、早く言えば女が乞食《こじき》根性になっているわけね。本質をはっきりさせるために極端な言葉を使えば、乞食とポン引きを兼ねてるのよ。あれはがさつでいけない。

吉行　でもそうでない女もたまにいるぜ。

開高　たくさんのなかにはいると思います。

吉行　それを見つける面白さってあるな。

開高　やって下さい。私はもう歩き回るのくたびれてきた。ジャングル歩いているほうがましだわ（笑）。

吉行　でも見つけてからの元気が出ませんなあ。

開高　そうかしら……。

吉行　いかんね。

開高　しかしこれは日本だけの、世界に比類ない制度であることは認めましょう。

吉行　やはり洋風花柳界かね。

開高　洋風花柳界でしょうな。洋風といったって飲んでいる酒が洋酒だというだけのことでね。

吉行　いや洋服着ているよ。椅子《いす》に腰かけてね。

開高　和魂洋才でもない、洋風花柳界ですな。

吉行　つまり畳がないという意味ね。

開高　それにしちゃ芸なし猿だな。花柳というんだったら、小唄《こうた》や三味線なんかをいっぱし勉強しなきゃ。客と調子合わせなきゃいけないのに、このごろはみんなエーマイクで、客は客で自分で楽しんでいるだけでしょう。ホステスというのはおかしな存在になってきましたな、年々歳々。でかい面して。「ゲイシャ・ワルツ」というのは聞いたことがあるけれど、「ホステス・ワルツ」というのは聞いたことがない。両者の落差の一つはこのあたりに出てるのじゃないかしら。

酒場でうけないストーリーテラー

吉行　こういう意見をもっているけど、いかがでしょう。つまりいまの芸者衆の柳橋、赤坂での平均年齢は六十歳ですよ。

開高　女の年齢については、この間、五十五、六が大年増《おおどしま》という数字が出ましたな。今度は赤坂ですか？

吉行　赤坂、柳橋、平均年齢六十二歳ぐらいとなると……。

開高　三人老芸者が来ると二百歳近くになるわけね。

吉行　それで勘定は非常に高い。しかし一流花柳界に行ったんだから、この勘定は当たりまえだろうと。ところが僕が言いたいのは、銀座はいまやそういう状況になっている、洋風花柳界ね。お座敷洋食ってあるじゃない、それの裏返しですよ。ということは、女がきて私何か飲んでいいかしらというのが花代なんだよ。だから女が飲むのは当たりまえでね、花代がつかないんだから。僕は銀座の勘定が高いと思ったことはないし、それからそんなに高い勘定取られたこともないんだ。

開高　私もこの間までは毎晩毎晩バーへ入り浸っていた。場所はあちゃこちゃありましたけれどね。銀座、新宿、池袋。でもやっぱり肉体の衰えといっしょに知性が目ざめてくるのかな。

吉行　分別が目ざめてくる。

開高　はいはい。日本語で言う分別（笑）。例えば私が南米で特ダネ仕込みの小咄《こばなし》を持ち込んでくる。おいこんな小咄があったでぇ、と一生懸命喋《しやべ》るやろ。するとこのごろの酒場の女は笑わない。先生その落ち、なにが面白いのかしら、とこうお聞きになる。

吉行　それ場末ですか。

開高　場末でもない。銀座でもそういうのたくさんあります。大兄もこのごろ手元の資料が不足気味のようですな。

吉行　僕は小咄やらないからね。

開高　もろにこれ（手を出す）ですか、おけつなでる。

吉行　いえ、アドリブです。

開高　手とお尻《しり》ですな。お手々三年、尻八年ですな。

吉行　いや違う違う（笑）。会話におけるアドリブ。

開高　吉行さんたちと同じようなことやってたんじゃおれはだめだから、ちょっと際《きわ》立《だ》たせようと思って、骨格のしっかりしたストーリーを打ち出すことに努めたんやね。ところが、骨格のしっかりした、ストーリーというのが、ここ百年間の日本人の文学感覚にないのや。

吉行　それは言えるね。

開高　駄洒落《だじやれ》、語呂《ごろ》合わせでやるぶんにはいくらでも受けるんだけど、しっかりした筋で、どんでん返しが二重三重に組まれたストーリーだと、なんでそんな話面白いの、先生、となるわけ。いかに民度が低くなっておるか、感度が衰えているかということを、いまからちょっと説明しますです。

南米にあるひとりの真面目《まじめ》な小学校の先生がいた。娘が一人できた。彼は、おれの人生は小学校の教師で終るが、この娘にはなんとかして、上流社会の息子と結婚させて、いい思いをさせてやりたい、というふうな普通の親並みの気持ちがありまして、それで全寮制の学校に入れたわけ。全寮制というのは、金持ちの子弟の行く学校という意味に解釈して下さっていいんですが、それでガリ版を切るやら、受験参考書を作るやら、家庭教師するやら、朝から晩まで働きに働いて娘のために金を送った。

三年たって娘が帰ってきて、親父《おやじ》が駅へ迎えに行く。おっぱいは張りきっているし、眼には底が入って輝いているしで、親父は、水に浸った藁《わら》のような男ですが、涙を目に浮かべまして、娘や、おれの苦労の甲斐《かい》があった、おまえは実に素晴らしい女に成熟した、これならどんな上流社会にも出せる、とこう言った。そうしたら娘が、「あらパパ、私、妊娠がなっちゃったの」。すると親父のほうはハラハラと涙を流して、「おれがこれだけ一生懸命半生尽くして、背骨がきしむほど働いて金を送ったのに、おまえはいまだに文法を間違えている」と、こう言った。これを銀座でやったら、あら、どこがおかしいのところおっしゃる(笑)。

吉行　いまの話で二つ言いたいことがある。まず一つ僕は駄洒落は言わないんですね。ちょっと外した答えで、こうきてこう返す、地口で返さないで。これはわりに受けます。

開高　それはあなたが自分にミートする女だけさがしていくからやろ。

吉行　君がもう一つ、知らないことは、酒場ではつねにサインが出ているんです。マネージャーがつねにサインを女に出している。君が一〇分話しているとだな、そうすると次の席へ行けというサインが出はじめているわけだ。

開高　ああ、そうかそうか。

吉行　女はそのサインを見ていなくちゃいかん。ところが骨格のしっかりしたストーリーというのは、ずっと真面目にきちんと聞いていないと……。

開高　駄洒落よりちょっと時間がいる。

吉行　女は二つのことに気を散らさないといけないから、頭に入らないんじゃないか。だから女を責めるのは、ちょっとかわいそうなところがあるんだよ。個人的に話せば理解してもらえるかもしれない。

開高　いちおう義務教育もやっている人達だし……。これはアメリカやフランスにあまりないことよ。

あっちの田舎のバーで飲んでいると、文字も読めないのがいっぱいいるよ。ちょっとわれわれの感覚には信じられないことだけれども、と同時に、信じられないくらい開けっ広げの純真無垢《むく》というのもいる。文字を知らないんだから実に初々《ういうい》しいよ。ただトマトジュースという字を書いて教えてやっただけで、ハァこれが、と感動して、あなたをキリスト様みたいに見上げる女の目があったらどうする。じかにそういう素朴さに現代で出くわすと……。

吉行　感動するね。

開高　いいでしょう?

吉行　いいですけど、なかなかいませんよ、そんなのは。このせち辛い世の中に。

開高　ただし女としての自然知識というか、男にどうしたらいいかとかそのようなことは、したたかだろうと思う。そのしたたかさと無邪気さとの入り混りね。
吉行　落差のよさね、それはわかる。
開高　ちょっと、アイダホの野原に埋もれちゃうんじゃないかと思いたくなるぐらい、いいのがいる。アホやけどね。
吉行　モーパッサンの『メゾン・テリエ』よ。あれはいい。
開高　人間の本能がなんであるかということを教えていますよね。『メゾン・テリエ』とはいいこと言い出しましたな。近ごろだれも言わない。奥床しいこと言い出しました（笑）。
それからモーパッサンについてもう一言言いたい。あいつはセックスマシンや。とにかく散歩してようが本読んでいようが、自分で立たしてやろうと思ったら立つ。森を散歩してて、僕はちょっと異常なんじゃないでしょうかとモーパッサンが自分で言い出した。そう思ったらいつでも勃起《ぼっき》するんですって。
吉行　いくつです御年は？　そこが大問題でね。
開高　そこや！
吉行　それや！（笑）おれ達だってそういう時代はあった。

女のプラス、マイナス

開高 ギリシア時代には酒を注ぐ女のことをヘタイラ、トルコではサキと言った。酒姫と訳します。

吉行 酌婦だな。

開高 白拍子《しらびょうし》。男に酒を注ぐというのは、なかなかにたいへんなことなんやでぇということを、トルコやらアラブやらエジプトの君主は女に教え込んだ。

それとはまったく無関係に日本の昔の男も、男が酒を飲むときは、なかなかいろんな言うに言えないものがあるんやで、そやからおまえらも気をつけろ、と、こう言って芸者というものを数百年かかって教え込みにかかった。それは成功した。ところが西洋人が来たらたちまちダメになっちゃった。

吉行 わかるね、その感じは。

開高 中国にもいたわけ。男に酒を飲ませる、酒を注ぐというのはたいへんなことなんだと教える男もいたし、教わらなければならないと思う女の心もあった。ところがいまの銀座の女は、新劇の研究生や大学生がアルバイトでやってきて、ダバダバ、ガボガボ、ビチョン、バタバタと酒を注いで、たまたましんどい南米旅行から帰ってきた小説家の小咄を聞いて、アハアハ、ゲラゲラ笑って、面白いわッと言って帰って行くだけね。銭を払うのは男のほうだ。そんなことははじめから承知の上で行くわけですが、あんまりあけすけに無知をさらけ出されると、ちょっとなにか言いたくなる。

吉行　やっぱりね、男女同権が悪いんだよ。

開高　近代女子教育の弊害です。あっ、でもここのところちょっと活字の大きさをおとさないと、また奇妙な女がなだれ込んでくるぜ。

吉行　そんなのぜんぜん大丈夫、逆に大きくしてくれていいよ。

開高　あいつらプレーボーイだから、あんなことばかり言っているというふうにとってくれればいいけどね。

吉行　真面目にいきたいね、僕は（笑）。

開高　とにかく男がなんでアホな女のいるアホなところへ行って、お金をたくさん払って酒を飲みたがるのか、理解しようとか感じようとかしない女が多い。

吉行　いまはそれは感じる必要ないということになっているんだから。

開高　男女同権というのはけっこうです。女達がぶっきらぼうな子供みたいな手つきで、いい年こいて酒をボタボタ、注ぎ口から落としながら注いでいる。酒のこともよく知らない。それですごい高給むさぼっているらしいが、まあそれはかまわないだろう。しかし、こちらにはなにも満足感が与えられていない。そのことに女達はまったく気がついていない。十二時になると、はいさよなら、それもけっこうです。もともと追う気もこちらにはあまりない、例外を除いて。

吉行　なんか愚痴っぽいね。なにが言いたい？（笑）

開高　私が衰えてきたんじゃないかと思うんです。

吉行　要するに男女同権がいかんのですよ。つまり昔はきちんとプラス、マイナスのバランスがとれていた。女は大きなプラスをもっているからマイナスが上にのっけられても、非常にいいバランスがあった。いまの女は大きなプラスを知らんで、上のマイナスだけを取ろうと言い出して、大きいプラスと小さいプラスになってしまった。それをわかる必要がないというのがいまの教育だからね。

開高　なにかよほど女に脅えていらっしゃる事情があるので、抽象論に走っていらっしゃるような気がするんだけど（笑）。

吉行　わかりやすく言ってるだけ。

開高　もうちょっと言いましょう。夕暮れになると、女がやってきた男に酒を注ぐ。

酒を注ぐというのには、たんに酒をコップに落とすということだけじゃないんだ、ということがわかってない。そんな女ばかりです。
吉行　もうちょっと女の側に立てば、得している分がうんとあるんだよ。
開高　物質的にはね。
吉行　そのほか性感的に、セックスの感覚。
開高　女が得をしている……。
吉行　もと取って、おつりがくるくらい得している。
開高　ギリシア神話を読んでいるとゼウスというのがいます。その厳しいかあちゃんはヘラといいます。このかあちゃんがゼウスに向かって、女の歓《よろこ》びは男の歓びの八倍でございますと言っているの。
吉行　そのころからそういう言葉があるの？
開高　はいはい。だけどいまの女の歓びは、妊娠やなにかの恐怖はぜんぜんないんだから、八倍どころじゃない、十六倍、二十四倍、えらいものでしょ。
吉行　百倍以上でしょう。
開高　男のほうはご存じのとおり……。
吉行　さめてますね。

開高　鉢巻をお取りになった坊主《ぼうず》のたこ踊りをやってて、そして女を歓ばす声ばっかりを聞いてて楽しんでいるという、イマジネーションだけの楽しみですわね。男のセックスの八五パーセントはメンタルですわな。それをぜんぜんご理解いただいてない。

吉行　十何年か前に何人かいいのがいましたけれど。このごろは、ほぼないですね。そういう居ずまいというか、迎える姿勢がないんだ。なくて当たりまえになっちゃった。

開高　そのとおり。そして飲み助もそれを許してしまっているんです。言うてもはじまらんというのでね。するとうちのかあちゃんと、あまり変わらんということになってくるでしょう（笑）。そうなってくると、ひねてるか若いかというだけの違いになってくる。

吉行　それはあんた、そんなこと言ってもしょうがないよ。いまや極限状況に置かれてるわけだから諦《あきら》めているね。そこでこの状態からなにをつかみ取るべきか、どういう手口があるだろうかというのを考えたほうが早いんじゃないのかな。

開高　私もずいぶんお金を使って考えましたけどね。

吉行　あなたの求める角度からはないね。だから少し外して、これはもう言うてもしょうがないんだと、ある部分は諦めてね。肉を切らせて骨を切る。そういう発想ならなにかあるんじゃないかと思うんだ。

開高　よほど根本的に好き者でなければ付き合えないね。やっぱり吉行さんじゃないとだめね（笑）。それを貫いてまで女に付き合おうというのは、やっぱり吉行さんをおいてほかにいない。

吉行　なにもおれに限定することはないよ（笑）。

開高　いやいや、たまたま真正面にいらっしゃるものですから……（笑）。つまり江戸文化で言えば、隠微で細かく間合いを取ることに繊細な神経を持っていらっしゃる。だけど、ああ、こいつは酒の注ぎ方を知ってるな、同じウイスキーでもこいつに注がれたらまったく違うなという女はいたですか。

吉行　いたことはいたけれど……。ただ僕の場合、いま言った要素と、すごく大ざっぱなところがあるの。

開高　どうでもええわという。

吉行　どうでもええわというところの極端な部分が、逆に女の心にフッと入って行って、それで向こうがあまりの大ざっぱさに、思わずちょっとしたデリカシーが出てくるというところがあるの。それが得なのね。

開高　これは対談ではなくて小説の文章になってきたね（笑）。

吉行　だんだんそうなってきた。だから僕はきめ細かいところだけを求めているわけではない。僕は玉の井あたりでやっていたでしょう。ああいうところの女性達というのは、丸太棒でぶん殴り合いしながら……ね、フッと通う要素がある。これはわりに好きなんだ。

開高　フッとの瞬間に、あなたの温泉の湯が吹き出してくる。

吉行　非常にデリケートになるね。

開高　どこにも得られないものを感じちゃうでしょう。

吉行　その瞬間には向こうもそれを感じていると思うな。向こうが感じるから僕が感じると思う。

開高　セニョール、そこや。向こうもな、同時にこっちの気持ちを感じて、お湯をふかしてくれる。それが一致すればいいですけどね、しばしば微妙なグレハマもあるんじゃないでしょうか。

吉行　女との付き合いは、相撲で言えば七勝八敗だと。〝七勝八敗の美学〟というのは大切にすべきだと。一つ負け越す美学というのは、そこがいいところなんでね。

開高　吉行さんどんなもんやろ。昔の文士修業には酒と女が必須《ひっす》で、女といえば芸者でしたな。

吉行　芸者、もしくは娼婦《しょうふ》ね。

開高　吉原もありましたけど、芸者が多かったですね。そこで病気もらったり、しごかれたり、騙《だま》されたりで修業して、それで小説書いたと、こういうことでしたね。いまの文士修業でバーに通って小説書けるでしょうか。

吉行　意味ないでしょうね。

開高　なにが変わりました？

吉行　さっき言ったように、つまずいてないんだ。

開高　双方に心の傷がないか……。

吉行　どうもそうなんだな。書くほうにもないんだな。トルコも小説にならんか……。

開高　トルコでも、アムール・セクシュアル、性愛文学というのがあるんだし、その分野で見ていけば、性愛文学はできるんじゃないの。魚釣りは少年時代は五本指を動員してフナ釣りで終るという言葉があります。その伝でいけば少年時代はフナ釣りにはじまってやる悪い手の楽しみ。結婚してつくづく飽きはてて、トルコ風呂《ぶろ》へ行くという男はいっぱいいますわな。フナ釣りにはじまりフナ釣りで終る。少年時代は竿《さお》を自分で握っていたけども、晩年は他人に握らせているという違いはあるけれども。

吉行　なんかものすごくつじつまが合って面白いね。実態は知らんけど。

開高　合い過ぎやね（笑）。性愛文学なら一つくらい隘路《あいろ》を打開できるかもしれないよ。よほどのテクニシャンにかかればね。そんなのいるやろか？「うん、これは書ける、これは巨匠だ」と叫びたくなるような女が。

吉行　巨匠？

開高　フィンガーワークのうまい人なら、なり得る素材はあると思うな。

いつか古山高麗雄《こまお》と話したことがあった。彼は競馬評論を書くくらいの競馬ぐるいや。新潮社クラブに立てこもって、二人とも原稿が書けないままボソボソ話しているうち、魚釣り修業と競馬修業と、どっちが文学のためにいいだろうかという暇な話をはじめたの。ああでもない、こうでもないと議論した。最後に古山さんは「競馬の場合にはよくよく考えてみると、辛《から》きめにあわされる。しかしそれは借金した場合に、いつも辛きめにあうのと似たところがあって、金と物のもつ共通分母である。競馬場で汗水たらしてウンックウンック言うのはしょせん馬であって、ギャンブラーとは言いながら、われわれは批評家であり、自分の批評に対してゼニを賭《か》けるんである。だからこれは文学修業にはあんまりならんのではないか。ドストエフスキーには『賭博者《とばくしゃ》』という名作があるではないか。あれは自分が血みどろになってやっているからいいんであって、馬がやっているのと違う」と、こう古山理論は言うんやな。

まあ魚釣りの場合は、釣れても釣れなくてもみんな私が悪うございました。釣れたときには、いや今日はよかったというようなことになって、自分から出発して自分に戻る。つまり自分自身が馬でもあり、批評家でもあるのが魚釣りだから、魚釣りのほうが文学修業にはよかろうというのが古山理論ですがね。吉行さんはどうでしょう。競馬場の客は賭博者には違いないが批評家だという説は。ドストエフスキーの『賭博者』は、自分が馬になって、批評家になって、そうして呑《の》み込まれていくわけで、そこが違うと、こういうんですが。

吉行　競馬というのは、まず自分が馬主にならなきゃいかんでしょうね。

開高　ああそうか、馬主にね。これだと意味は変わってくるな。ドストエフスキー・タイプやね。

吉行　自分の馬の走る姿を楽しむというところからはじまって、付随して金が入ってこいという心境にはなかなかなれんだろうけどね。

開高　しかし馬を飼うくらいの年齢になっていたら、かなり他《ほか》のことで、しごきぬかれてきているはずだから、その心境はあるんじゃないかな。

吉行　とにかく、金がないね（笑）。馬というのは食うんだよ。たいへんなんだ、あれ。

開高　そうですってね。

吉行　餌代《えさだい》、飼料だけですごい金がかかるらしい。とてもわれわれは飼えない。

開高　それで古山高麗雄さんもですな、やっぱり馬主になりたい、これが究極の理想だというの。それで草競馬でもかまわない、東北の相馬のほうかどこかで、何人かで金を出し合って一頭の馬を飼って、馬主だ馬主だと騒ぐんだって。脚一本の馬主でもいいからなりたいというんだな。

ペルーの青年に学ぶこと

開高　この間、アラスカから出発して南米の先まで行った。九ヵ月かかった。南米へ入ってからアルゼンチンまで。スペイン語のベテランが要るからと、ペルーで日本人の若者を雇った。これがよくできた若者で、二十八歳でスペイン語と日本語がペラペラでね。なにを語るにしても、メリハリというのか、非常にしっかりしている。ある日、いったいどのくらい女と寝てきたんやと聞いたの。すると二十八歳で五〇〇人くらい寝てきたって。五〇〇人というのは少ない数字かもしれませんという。

吉行　多いですよ。

開高　高校生のときからやり出したというんだ。

吉行　一人の女に足踏みしてないっていうことだね。

開高　高校生のときに、親父《おやじ》に「今日、姫買いに行くから銭くれ」……とは言わないが、親父もまた助平だし、ああいうペルーのような社会だから銭をやるわけよね。学校へ行って勉強するやろ、四時になって終ると、持ってきた替えのズボンをどこかの美しい花の咲いている大きな木の陰で制服のズボンと穿《は》き替えて、女のところへ行くわけ。女は待ってましたとばかり、坊っちゃんおいでと、ノンノンズイズイ、これやるわけね。

吉行　カモン・ボーイ！

開高　同時に人生哀歓の諸相を語って聞かせるわけやな、当然、枕《まくら》言葉として。大兄もいろいろあったでしょう。それでえらいませておるのや。僕の連れてったのは日本人の運転手が二人、それに日比谷高校・東大出の新聞記者、さっきのペルーの若者と同じ年なの。だけど喋《しゃべ》らせたり、いろんなことについての解釈をさせたりしたら、大人と子供の開きがある。とにかく話にならない。「僕は五〇〇人女をやりましたけど、開高先生のために五〇〇人と言っているだけで、実際は六〇〇人やったか七〇〇人やったかわからない」と。

吉行　でもそいつはこれからだな。

開高　彼の仲間はみなそういうふうなの。日本へ行って、同じ世代の若者とアルバイトして、焼鳥屋やってみたり、いろんなことをやって働かされた。日本語は完全にできるんですけど、科学的知識ということについては、おれはぜんぜんだめだと悟らされたという。だけど日本のボーイズの女についての解釈は、でたらめもいいとこ、子供くさくて話にならん。しかし彼らのもっている科学知識には対抗できなかったと言ってました。

吉行　一般的な科学知識？

開高　それもあるでしょうし、特殊な、コンピューターとかいろんなこともある。日本でありふれたもの、それがペルーにはなさすぎるわね。

吉行　そういうことね。科学知識というのはつまり高級な模型飛行機を作るようなものね。

開高　これは二極分裂だったね。

吉行　五〇〇人というのは少し多過ぎると思うんだね。つまり足踏みしていないということよ。それは十二勝三敗だよな。相撲内容はともかくとして、やっぱり七勝八敗でいってほしいんだね。若い衆もだんだんわかってくると思うんだけど、三十になったらやっぱり十五戦連勝ではいけない。

開高　僕は五〇〇人！　というのにたまげちゃって。とにかくこっちは晩学ですからね。そしたら、さながら私を慰めるがごとく、先生、女と男のあれは量ではありませんせん、質です。若いときには何人女を寝転がしたかを自慢することに忙しくて、仲間内でそれを競い合ったけど、いまになって考えれば質ですと。

吉行　そこまでわかってきたわけだ。それはいいやね。

開高　それにしても五〇〇人やってからの知恵ですからね、おれとはだいぶ違います。おれなんか浅はかなもんです。

吉行　いや待ちなさい。それはね、若い衆が喫茶店へ行ってコーヒー飲むみたいなものなんだよ。コーヒー五〇〇杯飲んだということなんだよね。

開高　それでも五〇〇杯飲めば！

吉行　大きな声出すなよ（笑）。社会の形の問題だと思うんだな。

開高　吉行さん、あなたずいぶんおとなしくなってきましたね。

吉行　いや昔からこういうもんですよ、私は。

開高　そうかなあ。

吉行　われわれだって喫茶店で五〇〇杯くらい飲んでいますよ。

開高　ちょっと待って。彼の言葉をそのまま伝えましょう。高校生のころは魔羅《マラ》がピンピン立ってしょうがない。高校で授業が終る四時ごろに、先生が出てきて、インカ文明がどうだった、こうだったというようなことを言うたあとで、パタンと教科書閉じて、おまえら魔羅がピンピン立っておるんやろ、やるなと言ったってやる。やれと言ったってやる。やるなと言えばもっとやる。そうするとどうしようもないから、やるなら衛生無害なこの町の何番地のあそこに行け。こういうおかあちゃん、おかみさんがいる、あの家へ行ってやれと教えてくれるんだそうです。

吉行　それは偉い先生だね。

開高　偉い先生です。先生が教えているところだから、つまりティーチャーズ・アポイントメントというので行くと、子供が二、三人いて、目尻《めじり》にしわのある女がやさしく抱き取ってくれる。

吉行　それでいいんだよ。

開高　女にとっては初筆下ろしというような感激もあるだろうし。

吉行　バルザックだね。バルザックは「十代はそういう目尻にしわのある人に教育してもらえ。ナイフやフォークの持ち方まで教えてもらって、それから二十過ぎて三十近くなったら今度は若いのとやれ」といっている。バルザックの体験なんだろうな、あれは。
開高　おれは感動しちゃってね、ああここにやっと人間らしい若者の教育方法があると。
吉行　そこはどこ？
開高　リマ。
吉行　ペルーね。向こうのほうが進んでいるな。
開高　そうです。おれは、向学心があるものだからもっと細かく聞いた。そうすると、リマの娼婦宿がありますね。これが新幹線みたいに真ん中に通路が通っているの。その両脇《わき》に小部屋がいっぱい並んでいるわけや。それでいまいたしていますというところは、オキュパイドというんで赤ランプがつくようになっている。スペイン語だとオクパードです。
吉行　オキュパイドね。
開高　なかには値段がかかっている。それが普通とスペシャルと値段が二つあるというの。

吉行　時価だ（笑）。

開高　ゆっくり聞きなさいよ（笑）。スペイン語で普通をコムンというんですね。コムンとスペシャルとどう違うんだと言ったら、それははっきりしてますと、彼がいう。つまり唇でキッスして、なにやらにキッスして、どうやってこうやって、これが普通なの。スペシャルというのはアナルセックスがつくんで、ここに違いが出てくるというの。そこでまたスペシャルとコムンと値段がどれだけ違うんやと聞いた。それを一九八〇年度の時価で換算してみると、たった一〇〇〇円の違いや。女のお尻の穴というのはたった一〇〇〇円の違いなの。

昔あなたが私に語ってくれたことがあった。「おい開高、オカマでやってみたけどな、力を尽して狭き門より入れと、こういう教訓を思い浮かばせるが、入ってみたらただの筒だぞ、おまえ」（笑）

吉行　そのとおり。

開高　いっぺんはやれ、だけど二度やる気はないと、あなたが新宿で教えてくれた。

吉行　僕はいいこと言ったね。

開高　ペルー人のそれもまったく同じ、たった一〇〇〇円なんです。

吉行　好奇心だけの差ね。値段の具合は正しいね。
開高　正しい。両者の見解は間違ってないです。
吉行　東西の合意を見たわけだ（笑）。ペルー人って進んでるね。
開高　あの国は南米最初のヨーロッパに対する出口だというの。かつてはヨーロッパよりももっと発達していた。
吉行　いまは遅れることによって進んでいるというところがあるな。
開高　農業国で時代遅れでもてるということがありますけど。
　それにしても日本のバーの女はひどいね。
吉行　まだ言ってるなあ（笑）。それあまり言いたくないんだな。バーの女がひどいと言われはじめたのは、もう三十年も前からよ。
開高　濃厚なのはここ十五、六年ぐらいですか。
吉行　ところが僕はだな、どこかに穴がないかという穴狙《ねら》いをする。大穴狙いでさがしますとあります。
開高　いっぱいあるんですか。
吉行　いっぱいはありません。平均的な数値を言えばもう明らかにだめね。だけど穴はあります。穴を見つけたときの……穴って競馬の穴ですよ（笑）。その穴を見つけた感激はひとしおでね。まだまだ大丈夫です。しかもその女は初心《うぶ》じゃない。かなりしたたかで、自分の考えをもっている。その考え方が僕と一致するわけね。そういう穴ね。

開高　あなたぐらいに気難しい注文を出しても、それを受け付けられる穴をもっている女が、まだ東京にはいるということですな。

吉行　心の穴ね。

開高　心の穴もあるし、バルザック式の穴もあるでしょう。

吉行　両方いっしょで、いますよ。

開高　そう、大兄元気ですね。

吉行　いやあ、ちょっと弱ってきました。

開高　どんなふうに弱ってきました？　昔はよく新宿の「ゴードン」なんかで、おい開高、おれが昔マスかいたら天井の板に精液が当たって、パリパリ音立てて落ちてきたぞというふうなことをおっしゃるのを常となさってました。

吉行　あれは誰でも十代にはあり得ることだったと思う。

開高　天井がよほど低いのですか？

吉行　やや低目だった。

開高　日本家屋の天井では、いくらあなたの十八歳の朝がめざましいと言ってもですね……蔵かどこかでおやりになったのかしら。

吉行　ただみんなかぶせるでしょう、あれがいけないんです。パッとやれば十代はみんな軽く天井に届くよ。

開高　日本家屋でですか？

吉行　そう。かぶせるからいけないんですよ。ああいう輝ける時代はみんなもっているんだよ。僕はたまたまパンと言っただけの話で、あらゆる男性は可能性をもっている。ところがひとたび淋病《りんびょう》にかかるや、もう穴はきっかり一つだったのが三つぐらいある如雨露《じょうろ》みたいになってしまう。

開高　十九世紀の文学者、音楽家、天才、ことごとくみな淋病と梅毒ね。もうそれはたいへんでしょう。

吉行　シューベルトなんて梅毒で禿《はげ》に近かったってね。

開高　梅毒の初期の状態では脳の神経が亢進《こうしん》する。とんでもない連想、飛躍のアイデアが浮かんでくる。したがって梅毒は天才病と呼ばれた時期があったんです。

吉行　モーパッサンの、『水の上』から『オルラ』、あのへんが梅毒の発病直前期なのね。

開高　モーパッサンというのはとめどないんだってね。

吉行　あのくらいは外人の平均値じゃないのかね。要は想像力でしょう。

開高　だから女の腋臭《わきが》の匂《にお》いを嗅《か》ぐとか、足の水虫の匂いを嗅ぐ、それでムラムラボキンとくる。

われわれのセックスライフね、それは十八、九というときはただやりたい一心のアナキストで、穴でさえあればなんでもいいというので、私も人生の失敗を犯してしまった。以後離れられなくなっちゃって……こんなところでくどくどいったってしょうがないな（笑）。

吉行　愚痴ってもはじまらない。

開高　メンタルです。男のセックスライフは。

吉行　しかし虫の生産量もあるよ。

開高　もちろんそうです。

吉行　十五年前に僕はあるバーで、ミーティングのときに言われてたんですよ。小説家というのはあかんと。

開高　セックスが？

吉行　いやいや、虚名のみあって金はないと。

開高　金のないのはそのとおり。

吉行　正しいわけだ。金がなければしょうがないわけだよね。ミーティングでは、金のない男は敬遠しろというひとつの例として僕の名前が出ていた。ワーストで名前が出ておったわけよ。それがこのごろ出なくなった。これは残念ですねえ。いまからもう復活できないだろうね、いくらメンタルなものを回転させてもね。

開高　そこで大兄おたずねしたいんですが、男と女の道というものは、古今東西同じである。変わるのは風俗だけで本質は変わらん、と思える現象もある一方、そうでないと思える現象もある。いろいろ悩んできて、なにがなにやらいまはさっぱりわかり申さず候《そうろう》というところがあるんですが。

吉行　本質は同じでしょう。風俗によってコートされている部分をぶち破ってみせる力があればいいんだけど、いまやちょっと自信がなくなってきた。

開高　熟年に達してこられましたな。

吉行　熟年イコール衰えですね。

開高　なるほど。

吉行　やや自信がないですね、還暦近くなると……。

開高　斯界《しかい》の巨匠がそういうことを（笑）。

吉行　自然に老いるのもこの道なんだよね。

開高　うーん。

第三夜——今夜も酔《スイ》ング

■デスクサイド

「毒蛇は急がない」というが、そうおっしゃる開高氏の到着はいつも早い。この日は定刻四十五分前に。正直のところ編集部があわてた。さすがに速記女史もまだ。東京・虎《とら》の門《もん》のホテル内にあるT中国料理店の担当氏もちょっとびっくり。帝国海軍は定刻五分前を守らなくてはいけない。西洋ではアカデミーズ・クォーターというのがあって、学者たちは〝十五分後〟が慣例だが、わが編集部は、きょうから四十五分前を〝定刻〟としよう。

前回とうって変わり、開高氏の前にはグラスがない。〝アイドリング〟をかけるのはお二人そろってからということに、氏はなぜか固執された。吉行淳之介氏が到着。――第三夜ともなると、お二人の話芸はいよいよ芳醇《ほうじゅん》な香りを発し、ときに澄んだドライシェリーのような枯淡の味がキラリと光る。「美酒について」のフィニッシング。人はなぜ酒を語るか。

では、とどめの一撃《ワン・ショット》を――。

アルコールで酔うか、騒音で酔うか

開高 今日は理想の酒、吉行さんの考える、酒飲みはかくあるべしというのからはじめましょう。

吉行 やっぱり酒飲みは手数がかからんのがいいね。ひとりで飲むぶんにはかまわないけどね。

開高 私はかなり早くから酒に取材費を注《つ》ぎ込み過ぎているんですが、ひとり酒が趣味でね、これを始めるととめどなく飲むの。淫《いん》してしまう。壁に映る影法師相手に飲んでるんです。

吉行 健康なんだね。体力があるんだよ。

開高 いままではね。それで大酒になってしまうんです。以前は酒飲んでも、あくる日熱い番茶に、おばんのおっぱいの先みたいなボタボタッとした梅干をつぶして入れて、それで効いたんですがね。このごろは二日も三日もダメージが続くんで、ひとり酒、おおいに警戒してるんですけど、ちょっと油断すると度を過ごしますね。

自分と戯《たわむ》れつつ飲んどるのです。

吉行　北杜夫のひとり酒の録音テープがあるのよね。レコードになっていますよ。

開高　そのひとり酒はどういうこっちゃ。ひとりで酒飲みつつブツブツ言ってんの？

吉行　そのテープを遠藤周作が取り上げてアレンジしたの。

開高　それは面白いな。

吉行　自分で水割り作っている音や氷の音がカチカチ聞こえ、なんかヘタな浪花節《なにわぶし》うなったりね、それから童謡を歌ったりしてる。浪花節は「タンタンタヌキの金の目玉」。目玉とちゃんと言っているんだ。そういうときは北がおそらく鬱《うつ》になりかかっているときだろうね。そのテープを聞いた遠藤のはなしによると、最初は笑ったが、そのうちになんか陰々滅々としてくるんだって。

開高　本人はハッピーなんですか？

吉行　ハッピーって……やっぱりいまの話を聞いていると、なんとか気を取り直そうとしている感じだよね。

開高　録音されていることを知っているんですか？

吉行　北自身がやったわけです、テープをそばに置いて意識的に。途中から忘れてしまうだろうけど。

開高　忘れたころから泣き出すんじゃないか。

吉行　そのいいところだけつまんで、短く入っているレコードを聞いたよ。変なもんだったけど。開高のひとり酒はどうなる？

開高　いやぁ、私は二十代、三十代、四十代前半、躁鬱《そううつ》だったんですけど、鬱がくると部屋にこもったきりで酒飲んで。三十代のはじめのときはひどかったな。一日にトリス一本くらい飲んでて、毎日のようにそれを続けて、結局肝臓がショートを起こして、急性肝炎で病院へ担《かつ》ぎ込まれちゃったんだけどね。

　この間も一回病院に入った。二週間、二日で一本のペースで飲み続けて。ストレスがたくさんあったことは認めるんですけどね。僕はいわゆる銀座で飲むのはパーティーのあととか、付き合い程度しかやっておらんのです。おかげで銀座戦線撤退しちゃったんですが、これもひとり酒です。

吉行　肝臓が痛むのはわかったけど、状態はどうなるの？

開高　魂の状態？

吉行　うん。

開高　やっぱり、ひとりで持ちきれないから、酒に助けてもらうわけですけども……。

吉行　ひとり言なんか言うの？

開高　なにも言わない。
吉行　もくもくと飲んでるの？
開高　もくもくと飲み、ああ、あんなことがあった、こんなことがあったをさかなにして飲んどる。
吉行　非常にマゾヒスティックになったりするわけね。
開高　マゾヒスティックになったり、突然やっつけたるぞォという気になったり……。ただ、グラスと部屋の内から出ないということで、世のなかに害毒は流しませんけどね。
吉行　その感じは、よくわかるね。
開高　ひとり酒で自分自身をさかなにしているやつは多いんじゃないかしら、世のなか。
吉行　パチンコのとき、僕は非常にそれに近い心境だな。
開高　似たようなもんですね、アルコールで酔うか、騒音で酔うかの違いはあるけど。
吉行　僕はパチンコはセミプロだから、玉は出るにきまってる。その玉の出方を眺めながら、やはり自分自身をさかなにしていろいろ考えるんだよ。ところで、たとえばアメリカ映画でマダムがアレーッなんて言って気絶すると、必ずブランデーかなんかガブッと飲ますだろ。それで正気づくというね、あれはやっぱり体力あると思うね。ああいうものを気付け薬と認める体質ね、それが恐ろしいんだよ。

開高　強いとおっしゃるわけね。

吉行　そうそう。僕は自分の家で酒を飲むということはほとんどない。

開高　家で飲まない？　ほぉ。

吉行　体力がないせいもあるんだな。

開高　それはわからんよ。外で消耗して帰ってきたら、くたびれた亡骸《なきがら》が家にはいるけど。

吉行　かりに一週間家にいる場合も飲まない。ただ十数年前に鬱病になったときは、飲んだ。おれのはなんかご迷惑がかかる酒でね、あまり人に電話かけないでしょう、だけどその時はやたらにかけてね、あちこち。

開高　あちゃこちゃね。

吉行　女の子の電話番号を思い出して、そこへかけたりね、たわいもないことしか言わないんだけど、気を取り直そうとするんだろうね。

開高　やっぱりそうでしょう。酒そのもので気は取り直せないんだけど、きっかけがほしいのよね。ところが鬱病になると、のめり込む一方で、もう自分のパンツをずり上げることもできないぐらいに気力が落ち込んでしまうんで、酒にきっかけを求めようとする。手段が目的化して溺《おぼ》れちゃうという結果になる。ただ近ごろの酒は度数がきついので、みんな水割りにして飲んでいるんだけど、ここにちょっと錯誤がある。水割りで飲んだら大丈夫やろうと思う。たしかに水割りは胃袋に対するショックが柔らかいんですがね。体内には、アルコールと水を分離する機能がありますな。そこにかかってくるアルコールの負担量というのは、ストレートも水割りも同じなのよ。水割りで飲むとアル中になる度合いが少なくて、ストレートで飲んだらアル中になりやすいだろうと思っているのが、たくさんいるんですが、これは同じこと。気休めに過ぎんです。

吉行　そうそう。むしろ水割りのほうが、アルコールを吸収しつくす、という説もある。

酔っぱらいにも遺賢あり

開高　それにしても、からまれる酒がいちばんいやだね。

吉行　僕はからんだことないね。このごろとくにいい酒でね、弱くなったせいもあるんだな。

開高　ちょうどいいころかげんになってきたんじゃないんですか。

吉行　昔から機嫌がよくなるだけなんだ。それ以上はない。

開高　人畜無害ですな。

吉行　機嫌がよくなり過ぎるとやや害が出てくるかもしれないけど。まあ今日はまっすぐ帰ろう（笑）。

開高　しかし、たまには戦後という感じの、暴れる、のたうつ、からむ、取っ組み合いするというのをやってみたいね、昔を思い出して。二、三年前だけどある雑誌の若い編集長が来た。そしたらこれがえらい酒乱で、久しぶりに戦後を思い出したんだけど、抱きついてきて、ベロベロ顔なめる。

吉行　ああ、いるね。

開高　なめている間はいいんだけど、そのうちキッスをする。それもフレンチキッスの濃厚なやつをやられて、いまさっき食べたピーナッツの殻とウイスキーと、水がゴボゴボ口のなかに行ったり来たりするという。

吉行　それはかなり参るな。

開高　こいつはいけないと思ったときは、もう遅かったんだけど、聞いたら小島信夫をやってきたあとだったというんで……。

吉行 小島信夫をなめてきたの。

開高 小島さんと私とがキッス兄弟になっちゃって、イヤハヤと思いましたけど（笑）。まだそういう壮烈なのがいます。気をつけないといけないよ。なかなか愉快な飲み手だけどね、ある段階を越すと、抱きついてきてベロベロ。なめるのはまだいいけど、フレンチキッスには困ったな。

吉行 それはいかんね。ガクッと別の人格になってくる感じというのは、僕は嫌いだね。われ、人ともにね。だけどそうならないと酒を飲む意味がないと称する人もいる。

開高 若いときの酒はだいたいそれじゃないですか。味が問題じゃなくて、酔うことが問題なんで、酒ならなんでもええという調子。若いということはちょっと胸苦しいからね。どっかでフックを外さないことには生きていけないですわ、少なくとも小生など。

吉行 昔の話しているわけね。

開高 ええ（笑）。

吉行 まさか、いまもそのつもりでいるんじゃないだろうね。

開高　昔はほかに楽しみがなかったからね。飲んで議論するか、酔っぱらって倒れてしまうか、それしかない。しかし、いまの若い人は、あんまり酔っぱらってでたらめやることないんじゃない。どうですか。昔は老いも若きも殴り合いやってたね。それから終電車でぶっ倒れて終点まで行って、トボトボとタクシーで帰ってくるという。

私がサントリーにいたころはいちばんバカバカしい酒の飲み方してたの。つまり昼間はトリスの宣伝で明け暮れているわけ。私の机のまわりには、ありとあらゆる酒がゴロゴロしているわ。ところがそんな酒は飲む気が起こらない。五時以後になるとソワソワしてきて、トリス・バーへ行く。あのころのトリス・バーはひどくて、グラスを三〇ほど並べて置いて、氷をガチガチに詰め込んで、上へ目薬をたらすみたいに、タッタッタッと、タコ焼きのメリケン粉注ぐみたいな調子で注いで、ソーダ水ジャボジャボッと入れていくわ。一〇杯くらい飲んで、やっとクラッとキックがくるぐらいやね。それも全部自分の身銭で飲む。

それで二、三軒回ってフラフラになって、終電で終点まで行って、夜中の二時ごろにタクシー拾って自分の家まで帰ってきて、ゲロゲロガボッと出して、それで寝るでしょう、女房にののしられて。あくる朝目がさめると二日酔いで、また番茶におばんのおっぱいみたいな梅干をすりつぶして入れて、それで会社へ出かけて、またトリスの広告書いて、また酔うてる。これの無限の繰り返しで、月末はそのツケがくるという。あのころはまだ酒が貴重だったころで、まわりの人は「いくらでも酒が飲めていいですなあ」なんて言うんだけど、こっちはもう日夜悪夢のごとき愚行の連鎖というようなもんでね。辛《つら》かった。

吉行　ということは、酔いを求めて飲む年代は、なにをしても少々許してやらんといかんと言いたいわけね。

開高　少し言葉を変えれば、若者には過《あやま》ちを犯す特権があります。

吉行　あるいは恥をかく特権ね。戦争中の話だけど、何人かでどこかの料理屋へ行ったとき、どうしても帰らない人が一人いるんだ。いっしょに、女の子なんかもいるから、彼女の家からどうしたんだって電話がかかってくるわけね。そのとき仲居さんが「どうしても酔っぱらって帰らない人がいる」と返事してるんだが、それが僕なのね。なにしてたかというと、一円札を出して「一〇円札に化けろ、化けろ」と命令してた（笑）。

開高　それはかわいいな。いい話だ。

吉行　僕の基本には、ずっとそういう感じがあるわけ。

開高　なるほどなるほど、大人の童話だ。おれもいろんな酔っぱらいと出くわしたけど、いまだに忘れられないのが一人いてね。場所は新宿西口ですよ。例のハモニカみたいな穴が並んでいて、煮込み屋なんかに、池島信平さんが毎晩出没してたところですが、そこで例によってグラグラに酔っぱらってしまった。そのとき隣にいた酔っぱらいが、見ず知らずのおっさんだったけども「おまえが気に入ったが、なにもやるもんがない。やるもんがないからこれ持って行け」と言って、履いてる靴の紐《ひも》を一本抜いて渡してくれたんだ。

吉行　それはいいね。

開高　この紐は長い間、ポケットに入れてたんだけども、その後出っくわさないんで、あの人はいま、どこでどうしてらっしゃるやら、というようなことを夜中に酒飲んでると考える。こういう酔っぱらいは気持ちがいいな、楽しくって。

吉行　いいよね、洒落《しゃれ》てるよね。

開高　靴紐抜いてくれたところがいい。

吉行　僕もある時期、人にものをやる癖があって、印鑑までやっちゃったのね。これはやっぱり取り返さないといろいろ困るんで、返してもらったけどね、幸い相手を覚えていたから。受け取るやつもどうかとおもうねえ。

開高　僕が小説家になる前に、新宿で「ちょっと兄さん寄っていきなさい。うちには吉行淳之介なんて来るのよ」と言われて「どうしてそんなことわかるんだ」ときいたら、「だってこの間、芥川賞の時計を置いてった人がいて、裏に『吉行』って書いてあったわよ」と言われてね、えらいのがいると思った（笑）。どういう事情があったのかわからないけども。

吉行　勘定が足りなかったんだな。あのころの芥川賞は大した金にはならなかったね。

開高　ひっそりしたもんでしたな。文学ファンの間だけで、あいつ、なりよったぐらいでした。

吉行　さっきの話に戻るけど、靴紐のおとうさんね。君よりだいぶ年上？

開高　年上です。

吉行　何年ころですか、それ。

開高　あれは芥川賞もらった直後ごろだから、いまから二十四、五年前ですよ。昭和三十二、三年ころでしょう。

吉行　もしや、名のあるお方ではない？

開高　いやいや僕も高貴なお方かとあとになって考えたけど、名のある方ではござらぬ。野に遺賢ありというところですかな。

吉行 洒落と思っているかどうかわかんないところがあるね。

開高 自分がやったこともぜんぜんおぼえてなくて、なんで今日はこんなに歩きにくいんだろうと、ブツブツ言いながら歩いて帰ったんじゃないかと思える節もありますがね。しかし酔っぱらいの着想にしてはなかなかよかった。美しいしね。

吉行 靴紐というのはね。ちょっと感動的ですねえ。

開高 似たようなことでパリで酔っぱらっているときにね、こういうことがありましたね。靴紐じゃないけどね、フランス人はポケットのなかに木の切れっ端入れてて、なんかヤバイことがあるとそれにあわてて触るんです。鉛筆であろうと箸《はし》であろうとなんでもかまわない、木の切れっ端一つ、ポケットに入れて歩いてんの。

吉行 それおまじない？

開高 おまじない。それで、辛きめにあわされた女に出くわすとか、あるいは税務署に出くわすとか、借金取りが向こうから歩いてきたとかいうときには、パッとポケットに手を入れて木に触る。そうすると魔力から逃げられるという迷信がある。
それでパリの学生街で酔っぱらっていたら、あるときおっさんが、テラッテラに手垢《てあか》で光ってる木の切れっ端をくれましたよ。それはもう親から子へ伝わってきているんだということを説明してたね。だからよほど大事なものをくれたんです、あれは。伝家の宝刀をくれた。そういうことがありましたね。
吉行　それをくれるほど酔っぱらっていたわけね。
開高　それに私がまだ魅力があったか、アジア人で珍しかったからか……。
吉行　なめられなかったか（笑）。
開高　お尻《しり》仲間という雰囲気ではなかったな。あの木の切れっ端、どこへ行ったかなあ。どっかでまただれかに渡してしまったのかもしれない。いつとはなくポケットから消えてしまったけど、そういうフランス人がいますよ。
吉行　それははじめて聞いたね。
開高　なんだか知らないけど、木の切れっ端ならなんでもいいというんだ。

信州人の酔い方はまるでレコード

開高　ところで、白色人種の酔っぱらいぶりを見ていると強いね。日本人はまだウィスキーとかジンとかウォツカとかいう西洋系の蒸留酒に対する酔っぱらい方には、民族的に馴《な》れていないところがあるね。ちょっと初心《うぶ》なところがあって。
吉行　体質だろう。

開高　体力ですわ。それと日頃の食べ物ね。僕が寿屋《ことぶきや》にいたころは、バーテンダーがしょっちゅう私の部屋に出入りしていたけど、面白い癖があってね、自分で飲むときには自分で作らないんだ。必ず弟子に作らせる。ハイボールでもジン・フィズでもマテニーでもなんでも、自分で作っては、まずくって飲めねえ。料理人と同じなんだよね。料理作っているうちに、もうイキついてしまって食えなくなる。ところが、彼は肝臓がいかれて死んでしまうのです。その悲惨な末路を見ているんでね。

どういう飲み方してるかというと、日本酒やビールの飲み方で、あの強い蒸留酒を飲んでいるんです。なんにも食わないで、砂地に水が滲《し》み込むような調子でグーッときてキリキリキリッ、それでカックン。そこを愛するような飲み方していますから、これでは体力がもたないね。だいたい日ごろ冷ややっことか、たたみイワシとかの、かそけきものでやっているから基礎体力がない。そこへ強烈なものを駆けつけ三杯でやるから参っちゃうわけだ。なにか食いつつ飲めばいいんですがね。

ところで、出身地がわかるというふうな酔っぱらい方、ありますかね。

吉行　さあ……。

開高　一つだけ僕は記憶があるのは、東京へはじめて出てきたときにね、出版社の名前は隠しておきますけど、信州人が多い出版社ですわ。

吉行　すぐわかるじゃないか（笑）。

開高　何軒もありますよ。

吉行　そうかね、そんなにありますか。

開高　大阪では信州人と接触する機会はほとんどなかったんです。それで信州人というのに立て続けに二、三人出くわしたところ、共通しているところがあるんだ。くどい。ものすごく、くどい。

そのころの私の酒は、酔うて喋《しゃべ》っていることを全部頭で覚えてて、あくる日、精神的ゲロで頭が上がらないという、そういう酒でしたけどね。いまはちょっとハッピーで、タハッ、オモチロイてなこと言っているんですがね。この信州人の酔い方は、まるでレコードなの、同じことの繰り返しをやるんだ。それで面倒くさくなってきて、「うん、わかった。君の言いたいことは、これこれこうこうで、これこれだからこうだ、だから、こう言いたいんだろ」と言ったら「うーん、そのとおりだ、だけどね」と言って、また同じ話をはじめからやり出す。こっちはまだ馴れてなかったからついまた乗せられて、「だからッ、これこれこうだからこうだと言いたいんだろ」「うーん、そのとおりだ、だからね」と、一晩中これをやった（笑）。そんなのに続けて会《お》うてね、ハハァ信州というのはこういう酔い方をするんだな、と思うことにしたことがあったけどね。

あとはどこの出身だから共通した酔い方するというのはないけどね。くそ真面目《まじめ》なやつが酒飲むと、えらいことになるぞ。さばくのに面倒くさくて。

吉行 長部《おさべ》日出雄がそうだな、あれは青森だね。

開高 あれは酒乱なんじゃないの。

吉行 酒乱とそれとは違うわけか。

開高 つまりアルコール志向性体質というやつと、酒乱と、酔っぱらいと、大まかに言ってアル中以外に三つありますね。アルコール志向性体質というのは、生まれつき、のべつ血液に何パーセントかの酒が混ってないことには生きていけないという特異体質です。これは不幸や。もう野たれ死にしかない。酒乱というのは酒に弱くて、肉体的行動に移るやつね。

吉行 弱いわけだね、酒に。

開高 どこか弱いんでしょうね。

吉行 長部の酒乱はひどいぞ。あれは殴られて完結するのね。自分から殴られて、屋台から叩《たた》き出されて地べたに倒れる。

開高 さっきの酔っぱらって、人をなめまわす編集者もそうや。溝《どぶ》へ叩き込まれて、頭を割られんことには酔うた心地がしないというの。
吉行　納得しないわけだ。
開高　その手前でフレンチキッスやね。
吉行　やりにくいな。フレンチキッス抜きで……。
開高　いきなり叩き込んでしまうか。
吉行　しかし、僕には殴るほどの力はないしな（笑）。

ギャバン、アブサン、そして砂漠

吉行　僕が映画の中でいい酒の飲み方をしているなあ、と思ったのは、シュトロハイムという役者ね。
開高　『大いなる幻影』でしょう。
吉行　それそれ。ドイツの貴族将校の役だったけどいい役者ですよ。かなりの年だったね。彼がコニャックをブランデーグラスじゃなくて、こういう小さい……。
開高　リキュールグラスに入れて。
吉行　膝《ひざ》をちょっと曲げて、ガッと飲むのね。名優だよね、シュトロハイムというのは。あのシーンがまず浮かぶね。

開高 雪の降る窓辺でね。フランスの貴族が死んだあと。

吉行 あのおっさんの話、僕は淀川長治《よどがわながはる》さんに聞いたけど、突然アメリカに来て、フォン・シュトロハイムと名乗ったんだってね。ところがそれが、どうもドイツの床屋かなんかのおっさんらしい。

開高 おれは完全におちぶれ貴族のなりそこないだと思ったけど。

吉行 嘘《うそ》らしい。アメリカへ行って突然フォンがついちゃった。

開高 いきなり行ってか（笑）。それは聞きはじめだなあ。

吉行 そう聞いたよ。

開高 存在そのものが芸術だというタイプの役者でね、あいつが出てくるだけで画面がワーンと雰囲気が出てきて、引き締まってくるでしょう。

吉行 おれ達は映画というものには、そういう存在を求めているんだな、まず、おれの年代でいちばん強烈なのは、あの男とルイ・ジューヴェね。それからジャン・ギャバン。

開高 ジャン・ギャバンの映画では『地の果てを行く』だったかな、アブサンを飲みますね。いまで言うアルジェの暑い田舎で、コップのなかに角砂糖をスプーンの上に乗せておいて、その上からアブサンをタラタラッとたらして、それから冷たい水を入れる。するとブクブクッと白く濁る。あの場面は倦怠《けんたい》感がよく出ていたね。白熱の砂漠のギラギラした感じと。それで「おお、それが人生だ」なんてことを言う。セラピー・ムービーというんだ、あれ（笑）。それでトランプめくって占いすると悪い占いが出て……。

吉行　あれは『外人部隊』だよ。まあ、アル中の映画はいっぱいあるよね。でも、僕は映画って忘れちゃう。酒のシーンで印象的なのはシュトロハイムの膝の曲げ方くらい。

開高　完璧《かんぺき》な演技だったな。あれは飛行将校になっていて、墜落したものだから背骨が折れて、それを銀であちこち継ぎ接《は》ぎしたから背骨が曲がらなくなったというんで、いつもこういう姿勢で、まっすぐのままでカッとあおりつけるわけよね。僕は、あれをよく鏡の前で、真似《まね》た。ウイスキーに馴れてないころだからむせちゃってね（笑）。いやほんと、真似したくなる映画というのは名作よ。映画の功徳《くどく》の一つはそこ。

吉行　『現金《げんなま》に手を出すな』も思い出すな。老いたるギャングのギャバンが友達と屋根裏部屋にきて……。

開高　ホモ関係かかっているような弟子とね。
吉行　瀬戸物のいれものに入ったフォアグラかフォア・ドワ（鵞鳥《がちょう》のレバーペースト）かをクラッカーに塗りつけて酒をギューッとあけて、あれはワインかな。
開高　なで肩の瓶のやつでしょう。
吉行　なで肩ならブルゴーニュか。フォアグラなら甘い酒だね、ソーテルヌなら、ボルドーか。でもギャングのやることだから、なにかわからない。
開高　ギャングは世界中どこでも美食家や。マフィアも。
吉行　なるほど。となると、「あまりいいもんじゃないんだが」とギャバンが言ったけど、あれはフォアグラかな。とにかく、あのシーンはよかった。酒というよりも、その演技のほうが先に行くわね。
開高　だいたいギャバンがもの食ったり飲んだりすると、ゴクンと喉《のど》が鳴った。パリの中央市場のなかの小料理屋のシェフに扮《ふん》する映画があったね。『殺人者の時代』という映画、この中で肉だんごを炊《た》くんだ。国会議員だの食味評論家だの、禿《は》げ頭の、もう見るからに食い道楽という鬼みたいなやつらが集まってきて、鍋《なべ》のなかを覗《のぞ》き込んでいっしょに食べるんだけど、このときのギャバンの頬っぺたの独特の動き方というのは魅力あったね。おいしそうだった。

アメリカにリー・マービンというのがいるでしょう、醜男《ぶおとこ》で。あれはバーボンのひっかけ方がうまいね。指をこう立ててね、安酒をかっくらうという下品な飲み方するけど。ポケット瓶をこう持っててね。

吉行　だいたい指立ててさまになるやつというのは、ほとんどいないだろう。

開高　それからチャールス・ロートンがアル中になった映画でね、『ホブスンの婿選《むこ》び』という映画があるの。これが酒瓶をどこへ隠すかという、苦心惨憺《さんたん》の映画でね。あれはたしか、女房が死んじゃっていないんで、娘を育てるという話かな。ロートンが靴屋のおっさんなんだよね。酔っぱらって家へ帰ってくるんだけど、家の中のあちこちに自分で酒瓶を隠しているわけ。

その娘が全部酒のあるところ暴《あば》いてしまうんだけど、親父《おやじ》はそれよりもさらに一段オールド・フォックスだから、裏をかいて、とんでもないところに一本ずつ隠してある。玄関から入ってきて、広間を横切って二階へトントンと上がって、ベッドへボッターンとぶっ倒れる前で、靴箱の裏から一本抜いてキューッと一杯ひっかける。なにやらのエンサイクロペディアの裏から引っこ抜いて一杯ひっかける。どうだざまあみやがれというような顔をして、にんまりと笑いながら一杯ずつひっかけていって、ドタンバタン倒れるというところがあってね、これは笑わせられたね。

吉行　酒の隠しどころというのは面白いね。
開高　食うのでよかったのは、『七つの大罪』のなかのチーズをかっくらう場面だったな。あれはよかった。百姓の女房に誘われて、ベッドに入り込んだのはいいんだけど、きわどい会話があって「やろうかやるまいか」なんてなことを言っているうちに「いいわやりなさい」と言ったら、その男が飛び出して行って、女に挑みかからないで、チーズに挑みかかって「うん、はんなりとして塩味がいいかげんに効いて、くどくない」なんて言って、無我夢中になって食べる。それ見て百姓の女房が薄ら笑いして寝てしまうという映画。
吉行　それは見た。いまはもう舞台に立つ、映画に出るというだけで、それでいいという役者はいなくなってきたね。
開高　いないですね。
吉行　この間ギャバンの最後の映画、日本未封切りというのをテレビで見たんだよ。
開高　なんという映画？
吉行　映画のタイトルは忘れたけど、そのあとすぐ死んだわけ。未封切りというところをみると、彼は一場面くらいしか出てないんじゃないかと思ったら、最後まで出ていてね、ずいぶん洒落《しゃれ》たいい映画だった。あれがなぜ受けないと思ったんだろうね。

開高　日本で公開されたかどうかわからないけども、ギャバンが『レ・ミゼラブル』をやったの知ってる？

吉行　やりそうだけど見てないね。

開高　なかなかいい映画でしたよ、これパリで見たけどね。セリフはよくわからないんだけど。

吉行　ギャバンというのは、たしか七十二で死んだんだよ。まだある意味じゃ若かった。

開高　私生活はごっついシャトーに住んでいたんでしょう。大地主で。女嫌いかな、といってホモでもないというんだ。だれかそんなこと言ってたな。

吉行　女嫌いだったのかなあ……。

開高　癇癪《かんしゃく》もちなんじゃないの。

吉行　途中から女嫌いになったんじゃないか。

開高　しかし、あれがあなた、出はムーランルージュのシャンソン歌手なのよ。あのブルドッグみたいな顔でシャンソン歌ってたんだから。彼の吹き込んだシャンソン二、三枚あるけどね。なかなかうまいですよ。「日曜日だから、みんなお祭りだ、河岸《かし》へ行って踊って、酒飲んで、飯食って、遊ぼうじゃないか」っていうような歌があってね、どこ見ても祭りだ。「メ・セ・シュール・トゥ・セ・ラ・フェート・カン・トン・キット・ル・ブーロ……」というの。

吉行 ぜんぜんわからない。

開高 僕も音で覚えただけだから(笑)。安岡章太郎がうまい。ギャバンが『ペペルモコ』(望郷)のなかで歌う歌を、安岡章太郎がダミ声で歌うとなかなかうまい。

吉行 あいつのシャンソンには参るよな。ギャバンは、『フレンチカンカン』で、女の子の尻触《しり》ったり、大きな胸のがいると、「重そうだな、少し手伝ってやろうか」と言ってね、あの呼吸は女嫌いの呼吸ではないよ。途中から女嫌いになったんだな、やっぱり(笑)。わかる気がするね、酒の話じゃなくなっちゃったけど。

開高 酒の話で面白いのは『第十七捕虜収容所』かな、ウィリアム・ホールデンが出てくるやつ。

吉行 見たな、それは。

開高 収容所ものというのは無数にあるけどね、それのハシリで、あの映画にはのちの収容所もののあらゆる要素が集大成されていました。残飯だとか、イモの端くれだとかカブラの端くれ、全部かき集めてきて、缶で発酵させて、それをランプでコトコト煮立てましてね、焼酎《しょうちゅう》を作って、それでみんなに配給してやるという場面があってね。蒸留酒のもっとも原始的なやつ。あの場面は収容所もののなかではよかったな。それからネズミに競争させて、テラ銭巻き上げてたりしてね。
吉行　このごろの映画はそういうの出てこないねえ。もっともあまり見ないからな。
開高　映画を見ないというのは老化現象のはじまりですぞ。
吉行　テレビがあり過ぎるんだよ。
開高　そうですけどね、一五〇〇円の回春剤、これが映画やね。

シェリーとアモンチラードの誤訳

吉行　酒の話に戻りましょう。文学作品のなかの酒、これはもう開高と僕が顔合せりゃ、反射的に出てくるのはロアルド・ダールの『テースト』だね。
開高　よくできた短編で、酒の性質を女にかえて喋《しゃべ》る話なんだけど、なかなかわけ知りの文句が書いてあったよ。
吉行　あそこがうまかったな、ワインの通で、なんでも当てるという人間がワインを含んで味わう。するとその人間が、全身巨大なベロになってしまうように感じられるという表現、かなりのもんだったね。君が編集長のときに載せた作品ですよ、あれは。

開高　あの短編は取材費が注《つ》ぎ込んであるという印象やね。われわれがやると、この酒はなんでもないように見えるんだが、一口含むとおずおずした村娘のようである。しかし飲んでいくうちに、だんだんと開けてくる大胆さが初々《ういうい》しくていいんだ、なんてなことになってきて、キザの固まりになるんだけどね。

　ダールは一貫して女に対して冷たいという特徴があるね。意地悪であるとかね。

吉行　パトリシア・ニールに養われていた時期があるから。

開高　あんなのに……。

吉行　得な男ですよ。それほど傑作をたくさん書いてないものな。

開高　童話を書いてるのよね。

吉行　あれで名声が世界に轟《とどろ》いているんだから。

開高　轟くほどでもないでしょう。文章が夏向きだから、ジンジャーエールのように、単純だけど深さがあって、ヒリヒリしてうまいと思うんだけどね。

吉行　日本で酒の文学といえば吉田健一だよね。

開高　大酒飲みの話があるね。

吉行　酒倉で樽《たる》が会話しておるというやつね。あれは『饗宴《きょうえん》』と『酒宴』の二部作だったか。灘《なだ》の酒倉で仕込んでいる大きな樽の、タンク自体が話しているというね、あのイメージはよかったね。

開高　『饗宴』で、病み上がりの病人がベッドのなかで、病院出たらあれ食ってやろう、これ食ってやろうというふうな妄想にふける話もよかった。あそこのボタモチをごってりと餡《あん》塗って食べたあとで、小川軒のテールシチューを食べて、それからキドニーパイ食べて、それからどこへやら行って、うどんすき食って、というむちゃくちゃな話をえんえんと書きまくっている。あれはよかったな。

吉行　チェーホフに、これは酒ではないが、『煙草《たばこ》の害について』というのがある。

開高　あれはうまい、一幕劇でね。

吉行　チェホンテというペンネームのときかね。

開高　いやチェーホフになってから。チェホンテ時代に書き散らかしたショート・ショートにもいいのありますよ、読んでみると。

吉行　チェホンテがチェーホフになるきっかけというのはなんだろうね。

開高　芸というのをやっていくとああなるんですわ。こづかい銭稼ぎでやっているつもりでも、だんだん、もっとまともなもの書こうということに、なってくるんじゃないんでしょうか。

吉行　まともというよりも、ちょっと深刻すぎるでしょう、前のチェホンテ時代のものと比べると。なんかあったんじゃないか？

開高　また女か。

吉行　女か酒か知らんけど、それでしくじったとか（笑）。

開高　チェーホフは酒でしくじってないですね。ただペンネームがいいのよね。〃脾《ひ》臓《ぞう》のない男〃とか〃わが兄の弟〃とかね。〃トンボの目玉〃というのもある。クリクリ回っているというんでしょう。笑ったのは〃わが兄の弟〃ね。これはおかしかった。なかなかいいのありますよ。のちに真面目《まじめ》な短編になったやつもありますね、あれ見ていると。

吉行　書き直しているの？

開高　きっかけが生きていてね。のちの作品の会話のなかに出てきたりしてるのがあります。中央公論社の『チェーホフ全集』ではじめてチェホンテ時代のを読んだんだけど感心したな。いまのＳＦのハシリですよ。

吉行　そういう感じのものも書いていたの。

開高　はいはい。酒で作品に出てくるというのは……。道具には使っているけど、とくに際立《きわだ》ったのはどれだろうな。格言はいっぱいあるけどね。サマセット・モームに「芸術至上主義とは芸術のための芸術ということであるらしい。しかし文学というものは、ときどきパンではないかもしれないけれども、しばしば酒ではあるだろう。とすると芸術のための芸術ということは、ブランデーのためのブランデーということになる。かりにそんなブランデーがあるとして、だれが飲むんだろう」という名言があるんですがね（笑）。

モームも一生、女に対しては意地悪だったな。あれも辛《つら》き目にあわされたんでしょうな。

吉行　『雨』というのがあったね。あれは坊主《ぼうず》が飛びかかる話だな。

開高　ある女と結婚したら、毎朝毎朝スクランブル・エッグしか出さないし、話をはじめたら話題が一週間で切れたあと、なんにも話すことなかったとかね。女に対しては意地悪なことを書いとるな、あのおじさんは。女を意地悪く書いてもベストセラーになり得る芸というのは、なかなかの芸やね。女におべっかばっかり使って、あまり売れない大衆小説っていうの多いでしょ……このへん胸苦しくなってくるから、よそうよ（笑）。

モームは第一次大戦のときはジュネーブでスパイをしているんだからね。『スパイ』という作品があります。また、美術館ができるくらい印象派の絵を集めててね、ニースにえらい別荘を構えてて、それがいまたしか美術館になっているんじゃないかな。

吉行　彼らはみんな金持ちだね。

開高　われわれも英語国に生まれてたらねぇ、吉行さん。契約書にサインするときの手つきがちょっと違ってくるぜ（笑）。

吉行　さっき出たロアルド・ダールの『テースト』というのは、酒がメインテーマになっている珍しいものだね。

開高　真っ向からそれだけ取り上げたというのはね。

あっ、ほかにもある。エドガー・アラン・ポーに『アモンチラードの樽』というのがあるわ。あれは復讐譚《ふくしゅうたん》だな。酒の目利《めき》きしてくれと言って誘い込んで閉じ込めてしまう話ね。

吉行　田中小実昌《こみまさ》と僕の間であのアモンチラードが大問題になっててね。いままでの翻訳は全部、「やつはシェリーもアモンチラードもわからない程度の人間だ」というふうに訳してあるわけ。原文は「テル、フラム」と「ディスティングイッシュ」というのと二種類使ってある。僕はアモンチラードはシェリーの味の具合を示すものでね、「シェリー飲んで、これがアモンチラードかどうかわからん程度の男だ」というのが正しいんではないかと思うんだけど、いまだにもめているわけです。

開高　決着つかないの？

吉行　どうもこのごろ、田中小実昌も、僕の言うことが正しいんではあるまいかと……。僕がコミさんに相談したわけね、こういう訳があるけれど正しくはどうなんだろうと。で、彼が混乱しはじめて、この間ニューヨークへ行ったのでアモンチラードを飲んだ。飲んだはいいけど、つまりなんなんだというと、わからないと（笑）。でも、アモンチラードというのは要するに、辛さとか甘さの度合いを示す言葉でしょう。ハーベイのアモンチラードというのがあるじゃない。だからテル、フラムというのはシェリーの瓶がいっぱいあって、どれがアモンチラードかすぐわかるよね、あの色見たって、という意味だと思うんだ。ところがこれまでの学者先生は、シェリーとアモンチラードが区別できてない。すべて誤訳ですよ。やっぱり、わかってから訳してもらわないと困るね。たったそれだけのことで何年もかかって。

開高　いや良心的な翻訳者です（笑）。

吉行　田中小実昌というのは英語の話となるとものすごく真面目になるのね。彼が真面目になるときはそれしかない。変なやつだね。

開高　しかしうまかったな、彼の翻訳は。おれの拳銃《けんじゅう》は素早いぜとか、テキ屋言葉を散りばめて訳してあって、死体置場は花ざかりとか。ブラウンだったかな。あのテキ屋言葉はうまかった。

吉行　それに変に凝ってて、売れないものばっかり何十冊も訳すんだよ。そういう男だね。

開高　頭が禿《は》げるわけだ。

吉行　うん。禿げたからかもしれないけどね。

開高　コミさんの訳、読んでて楽しかったよ。

吉行　うまいよね。

形而上学的《けいじじょうがく》二日酔いについて

開高　二日酔いのときなんかは、どうしてるの？

吉行　二十代のときはどんなに酔っても、正午の時報がチンチンと鳴ると、パッと治ったもんだがね。このごろはいけません。僕はいろんな病気しているけれど、あれはかなり上位にランクされていいもんじゃないかね。

開高　辛さがね。

吉行　フィジカルな面とメタフィジカルの面と両方あるわけだけれど。

開高　両方で責め立てられるからね。精神的ヘドと肉体的ヘドとで。

吉行　開高の場合、二日酔いで急性胃炎みたいになる？

開高　なります。この間病院に入ったのはそれです。しんどいですね。

吉行　二日酔いしてもいいけれど、あれを起こさん酒というのはないか。二日酔いにはいろんなジャンルがあるわけね。メンタルなものもあるし、フィジカルなものもあるけど、血管にアルコールが入り過ぎている苦しさは我慢するにしても、急性胃炎というのは品が悪いような気がするんだな。

開高　品も悪いし、のたうち回るしね。

吉行　苦しいね。

開高　冷汗タラタラで、差し込みと同じですからね。

吉行　急性胃炎と言っても、僕はもっとどんよりと攻め立てられる。胃炎は二日酔いと言えない感じするんだ。だから二日酔いは許すんだけど、胃炎は許したくないね。

開高　二日酔いも胃炎も許したくないな、もう（笑）。なるたけ予防の一オンスは治療の一ポンドに勝るという方向にもっていきたいが、年に三回ぐらいはつい大酒飲んでしまうなあ。

吉行　二日酔いというのは酒を飲んだ跡始末という感じするけどね。急性胃炎というのは、なんかヤクザがゆすりに来ているようで不愉快。

開高　現場に踏み込まれたという感じがありますね。そしてこっちが立てないで、頭ごなしにやられているという。

吉行　あれはなんとかならんかね。

開高　吉行さんはよくやるんですか、胃炎は。

吉行　僕はほぼ二日酔いの苦しさってそれだね。メンタルなものよりも、肉体的に参るね。

開高　いやメンタルもしんどいよ。恥ずかしいこと、道歩いてて思い出して、思わず眉《まゆ》しかめて、熱いやかんに触れたみたいにアチチチッと言いたくなるようなことが。二十代、三十代はこればっかりじゃないの。

吉行　それはそうだ。

開高　ほんとに熱いやかんに触れたみたいな恥ずかしさがこみ上げてくるなあ。

吉行　それはもう、仕方がないんだ。この表現はいろんな人がいろんなことを言ってるね。僕もだいぶ書いたけど、みんな身に覚えがあるんだね。念のために言うと、牧野信一の表現は「キャッと叫んでロクロッ首」というのね。広津和郎は「バカバカバカバカと自分を罵《ののし》る」……。

開高　私は「熱いやかんにアッチッチッ」としとこう。

吉行　それはいいんじゃない。新しい表現だ。

開高　ただ二日酔いにいい点が一つだけあるとすれば、さんざんおまじないをしたり、牛乳を飲んでみたり、熱い風呂《ふろ》へ入ってみたり、おばんのおっぱいの先にそっくりのボタボタの梅干を熱い番茶にすりつぶして、寿司茶碗《すしぢゃわん》でガボガボと二杯くらい酸《す》っぱいの飲んで……あれは理論的に正しいんです。まったく正しいんです。それでひとしきり治療して、主たるダメージが過ぎる。だけどそれでヘトヘトになるわ。それでもういっぺん風呂に入り直してから揺り戻しの眠りをむさぼるの。このときはもう肉体、精神ともにヘットヘトにくたびれ果て、汚辱を浴びつくしているから海綿みたいになってってね、そこへ入ってくる眠りというものはいい眠りだな。おれはこれを認めます。

阿片《あへん》で酔っぱらって、いっぺん目がさめて、それから揺り戻しとして眠りがもういっぺんやってくる。この眠りも気持ちいいですよ。阿片というのは半覚半醒《はんせい》でね、耳も聞こえてるの、だけどぜんぜん苦にならない。非常に気持ちがいいんだけれども、やっぱり脳ミソと神経に努力を強いてるものですよね。で、目がさめるでしょう。それでおかゆかなんか食べて、朝飯食って、シャワー浴びて、もういっぺん寝床に戻るの。そうすると阿片でくたびれた神経が今度は回復を求める。そのとき、トロトロトロとほんとうの睡眠がやってくる。阿片の眠りも好きだったけど、むしろそのあとにくる眠りのほうが好きだった。爽《さわ》やかでね。全部吸い取られていくような、なにもかも任せちゃっていいという感じ。コカインはそういう上品なあと味を残さない。下劣なもんだ。自殺しか考えられない。居ても立ってもいられない。

吉行　医者で打たれたことがある。でもこれは気持ちよかったなあ。コカイン飲んだことがありますか?

開高　しゃっきりするという点ではね。

吉行　非常に高揚してね。まあ医者の使い方があるんだろうけど、そんなひどい醒《さ》めぎわというのはなかったね。スーッと消えて、またやりたいなという気がしたね。

開高　血管がほのぼのしてくるでしょ。

吉行　非常に多弁になってね。ただ、「おれは二日酔いだ」というと、阿川弘之という健康そのものの人間が「おまえは二日酔いする力がまだあるのか」というんだね、あの元気な男が。こういう発想法というのはあるんだね。そういえば、飲まなきゃならないんだから、飲む力があるというのは、けっこうなことかもしれないんだ、あるいはね。

開高　私なんかもこのごろひしひし感じる。二日酔いもそうだし、睡眠もだよね。以前のように十八時間ぶっ続けに、泥のように眠ることはできない。眠るためにもやっぱり体力がいるんだと。体力がなければ眠れない。子供はのべつ寝てるけども、あれは新陳代謝の化けもので、体力が充満しきっているから、ああいうふうにゴーゴー寝られるんだけれど、おれ達は出るのと入るのとがもうだめになっちゃって、ちょっと寝て目がさめて、ちょっと寝て目がさめて、ほんと猫の飯みたいな眠り方です。それだけ体力が落ちてきているんだな。ただ野外に出ると違いますね。アラスカとか砂漠とかジャングルとかへ行くと、若者並みに寝られるね。だからやっぱり日頃はストレスが多いんですな。ひどいときは僕は頭のなかで、寝ながら小説書いているときがある。

吉行　あるある。

開高　それで、目がさめると、空夢だと。ああ、われながらほれぼれするような文章が書けたというときやらね。それからどうしても作品で解決できなかった問題が頭のなかで見事に解決できて、あっ、気持ちいいと思って目がさめたら、なんだ夢だったのかとかね。途端に忘れちゃうという悲劇を味わいますが、頭のなかで文章を書いていますよ。

吉行 迎え酒というのはどうなんだろうね。

開高 酒を飲まない医者に言わせたら、そんなことはあり得ないというんだ。理屈に合わないというの。だけど現実にはあります。

吉行 疲労と疲労感とは違うわけね。疲労感をいったんごまかす。さらに深く疲労するという。で、ほんとうに体力があるときには、ごまかしてそのままいけると。

二日酔いについて語ろうとすれば、エーミスの『酒について』だね。あの本の白《はく》眉《び》は二日酔いの項目だよね。

開高 つまりね、二日酔いになるとひどい毒が……早く言えば毒ね。それが心にも体にもたまるでしょう。一方的にたまっているわけよ。それで軽く酒を飲む、酒を飲んだということで、いくらか神経が緩和することもありますが、バランスが取れてくるわけ。実質的に体力として肉体的に回復しているかどうかについては疑問があるが、バランスが取れたという感じで、毒が少なくとも一方的に傾かない、攻められるだけの毒にしないで、散らすことができるわけ。内向的な毒を外向的にできるわけ、誘い水を出すことで。それで心がどんどん動き出す。これや、迎え酒の功徳《くどく》いうのはそこやね、非常にメンタルなもんですわ。
お茶飲んでも二日酔いは克服できない。酒飲まないと心が動かないから。私の解釈によれば、血が動いてくると心が動き出す、心が動き出すことで、夕べの毒が一方的にわれわれを攻め立てるだけだったのが、方向を変えてくれるわけ。実質的には治ってはいない、だけど精神が肉体に及ぼす影響というのは、莫大《ばくだい》なものがありますから、もし治ったと感ずることができたならば、それは治っているわけだな。
こういう難しい生理ですわ。

吉行　いまの話は、非常にいいんじゃないかな。

開高　要するに毒が牛みたいに突っかかってくるわけ、その方角を変えさせることができる。そのきっかけが迎え酒。

吉行　いまのは主として形而上学的二日酔いについての迎え酒の解答ね（笑）。

開高　ゼニ使ったな、これは（笑）。ほんとうにいやだったな、あの濁酒《どぶろく》の二日酔いは辛かった。それから上品な酒では安コニャックね、星三つか、そのくらいの二日酔いもしんどかった。

吉行　いい酒と悪い酒によって酔い方も違うね。

開高　ぜんぜん違いますな。

吉行　二日酔いはどうかね。
開高　いい酒は二日酔いにならないですね。それに酔わないですね。神気いよいよ冴《さ》えわたり……。
吉行　そうかねえ。
開高　今度どこかでせしめてきて一本飲ませます。これは飲めば飲むほどいよいよ飲める。そして酔わない。爽やかになる。あくる朝ダメージがない。ゲップも出ない。ヘドも出ない。

文明の進歩とお酒の進化

開高　いわゆる先進国と開発途上国というのがありますが、酒は文明の進行に合わせて、どんどんドライ、シンプル、それから洗練される——リファインド、そしてディープ、こういう味に変わりつつある。きわめてよくできたウオッカ、きわめてよくできたホワイトラム、こういう透明な蒸留酒になりつつある。この議論をちょっとしませんか。
吉行　やりましょう。

開高　先進国がくたびれてきよったんだ。日がな一日中オフィスのガラスと鋼鉄のなかで働いていると、ホッとしたくなる。そこでバーへ行かざるを得ない。もちろんマリファナやらコカインやらいろいろあるでしょうけれども、バーへ行く。けれど重い、こってりとした、華やかな、きらびやかな酒は飲みたくない。
吉行　わかるね。
開高　ヨーロッパの文化でこれを見ていきますと、リキュールの時代があるんですね。ブドウ酒のなかにいろいろな草根木皮を混ぜて、香りとコクをつけてこってりさせて、リキュールというものを作る。ポンパドゥール伯爵《はくしやく》夫人とかなんとかが、ルイ十何世と戯《たわむ》れるときには、閨房《けいぼう》の酒としてリキュールを飲んだ。だんだん飲んでいくうちに、あ、スミレの花の匂《にお》いがしてきた、あ、リンドウの花の匂いがしてきたでぇ、とか言いながら、フレンチキッスをネトネト、コテコテとやる。フランス人の性生活は前戯が長過ぎて、本番がお茶漬けみたいにそそくさという感じがあるんですけど、女の体の構造から考えれば、まことに正しいとも思うんですが。
吉行　女の構造をあつかう男の立場として正しい（笑）。
開高　ただ最後の本番に持ち込むまで、男がかっちり、叩《たた》けばカンカン音がするぐらいに保持できているかどうかという問題はありましょう。それはまあいい。それを言い出すとまたきりがないから。

吉行　そう、きりがない（笑）。

開高　そこで酒です。そんな悠長なリキュールがありました。次にブドウ酒を蒸留して貯《たくわ》えて寝かせてブレンドしたコニャックの時代がある。これも華やかな酒。それから次にウイスキーの時代がきて、カクテルの時代がきて、第二次大戦が終ってから、われわれに近い世代となって、焼酎類《ホワイトスピリッツ》の上品なやつが圧倒的にもて出すんですね。

吉行　日本でもソバ焼酎なんてありますね。

開高　最近、出てきましたけどね。あとくされがない。そのホワイトスピリッツにもいろいろありまして、たとえばウオツカというのがあります。昔はアルコールが取れるものならなんでもだったんですが、いまは大麦とかジャガイモとかから取っているようです。ウオツカはご存じのように、水のような水晶のような酒。白樺《しらかば》の木炭を通過させて濾過《ろか》させるが、何リットルを何時間のうちに何回濾過させるかということだけが秘中の秘になってるという酒なんです。飲むとうまいです。実にうまい。

このウオツカとテキーラ、ホワイトラムというのが、第二次大戦後、先進国ではんとうにえらい酒になっちゃった。それを飲んでいる人達のおとうさん、あるいは、おじいさんの目から見れば、なんやおまえこんなロシアのどん百姓の焼酎飲みくさってとか、西インド諸島の土人の飲み物やないかとか、あるいはメキシコのおかしなやつの飲み物、サボテン焼酎やないかと、ののしられるような性質のホワイトスピリッツに、先進国はどんどん目をつけて、蔓延《はびこ》る一方。伸びる一方。もちろんウイスキーも伸びています。ブドウ酒も伸びています。だけど、それまでの酒の歴史に比べると、第二次大戦後、ここ三十年間、透明な蒸留酒が圧倒的に伸びとるんです。

吉行　ラム、ウオツカ、焼酎ですか。

開高　ウオツカはうまいですよ。私はロシアには二回行ったにすぎないんだが、ロシアインテリと付き合う方法というのがあります。なんでもいいから、こう言うんです。「ぶったまげた、これはすごい、アメリカにもない！」（笑）そうすると彼らはニコニコしだしますね。巨人のくせにたわいないところがあります。ところがこの連中でも、ナショナリズムが目茶苦茶に激しくて、幼児段階にあります。ところがこの連中でも、ポーランドのウオツカはうまいでぇというと、うんあれはいいと素直に納得する。

吉行　それは面白い話だね。

開高　ポーランドのウオッカはうまいんです。
吉行　言われたほうは受け入れるんだろうか、その賛辞を。
開高　ポーランド人に言わせると、ポーランドでうまいのは女とウオッカとハムだという。
吉行　ソビエトに言われて素直に受け入れるんだね。
開高　いくらか抵抗はあるでしょうけども。
吉行　褒められりゃね。
開高　要するに文明が進行していくうちに、ヨーシ・ユーキ氏の例に見るがごとくくたびれてくる。年も嵩《かさ》んでくる、ダメージも食い込んでくる。そこで二日酔いにならないように、あくる朝、肝臓がすっきりしているような酒を求めていくとホワイトスピリッツになってくる。で、ウオッカ、ラムと。
吉行　それは残らないいんだってね。
開高　ええ残らない。簡単に言えば、ブドウ酒を蒸留しますとブランデーができます。コニャックができます。ブドウ酒そのものが酒だから、あまりおだてる必要がないんです。蒸留点が低くても、どんどんアルコールが出てくるわけです。そこにムーチョ、ムーチョ、不純物が入って、多年寝かせておくと、この不純物がおいしい味に変化する。こういう原則ですね。

ところがウオツカの場合には不純物を残さない、徹底的に蒸留しちゃう。ただし蒸留したあとで酒を磨き上げる。白樺の木炭とかなんかでね。そこでおだやかな、まったりとした、しかもキックがあって、あくる朝に弊害をもたらさないというシンプルで深い芸術の至境に近いものが出てくるわけですね。

コニャックでもスコッチでも、ウオツカ、ホワイトラム、テキーラ、極上品を全部飲んだ自信がありますが、そこで一言言いたいのはその極上品と言われるものには全部共通した性格が一つある。それは水に似ている。とくに喉《のど》を通っていくときに水に似てくる。いくらでも飲める。

吉行　それはよくわかるな。日本酒にも言えるんじゃない。

開高　おっしゃるとおり。焼酎でもそうです。焼酎でも何年となく瓶に寝かせてあったやつを飲んでみると、淡々として水のごとし、君子の交わりですね。これが奇妙なことに、蒸留酒でも醸造酒でもそうやな。日本酒でもそうやし、どぶろくでも、どぶろくなりに正当に扱ってやって寝かせた酒なら、私が昔、大阪駅裏で酔っぱらって、タハッ、オモチロイてなこと叫んだような、あんな酒にはならない。そして酔わない。頭が冴える。酒飲んで酔うというのは通俗の段階らしいんだ。だから吉行さんも、酒飲んで夕べはさめたでぇというぐらいの酒を飲むように、日ごろもっていかないと。

時をかけてあるものを飲むことですね。今後はええものちょっぴり、というふうにまいりませんかね、女も。

吉行　ちょっぴりしかできないということか。

開高　いやいや、やることはやるんだけれども、一年も二年も三年も十年も関係が続くというういやらしいのやめちゃって。

吉行　趣旨としては、最初からそうなんですよ。ちょっぴりなんですよ。結果として、やむなくそういうことになるわけなんで。

開高　セックスの交わりで性交、感情の交わりで情交という、性交と情交が微妙に入り交っているのが大兄の場合ですね。

吉行　そのとおりですね。

開高　もういまや情交でしょう、十年前ぐらいから。

吉行　そうですねえ。

開高　単に、穴ならなんでもええという、アナキストではもうなくなったでしょう。

吉行　もうまったくない。

開高　俺も朧気《おぼろげ》ながら一生懸命あと追っかけているんですけれども、アナキストではなくなってきて情交になると、えらい面倒くさい手はずを踏まなければならなくなってくる。

吉行　手はずね（笑）。

開高　それから別れ際《ぎわ》が難しくなりますなあ。出刃包丁騒ぎになることもある。

吉行　昔からそうですね、別れ際というのは。困ったもんだな、これは。

開高　そういう酷烈な話は抜きにしてですね、日本酒で評判の銘酒を造っている男がいるんですが、この男とあるとき、なんで酒は寝かせたら喉ごしがよくなるのか、なんで真っ当な酒は水に似てくるんだと、話し合ったんです。おじさんもコニャックからスコッチからいろんなものを飲んで研究しているわけです。新潟の田舎だけれど。それが説明できないというの。いまの発酵化学の段階でもこの味覚は説明できない。結局、酒が喉にひっかからんと、ツルツル落ちていくということは、酒の分子が多年寝かせているうちに全部縦に並びよるんではないか（笑）。

結論は寝かせておくしかないと。つまりですな、大兄、いかにすればよいかということはわかっている。しかしなぜかという究極のことについてはわからない。人生そのものだとおっしゃる。ハウ（ＨＯＷ）はわかるがホワイ（ＷＨＹ）はわからない、吉行哲学そのものになってくるんだな、これが。

吉行　ハハハ、まあね。

開高　吉行さんはハウに没頭していらっしゃるわけ。だけどホワイを言い出したらきりがない。結局ものすごい銭と頭を使って水に似たものを造っていくこと。こういう一種の文化と文明の二律背反みたいなものが、いい酒の宿命らしい。

そんな酒飲んだことないですか。いくら飲んでも酔わないが、飲んでいるうちは楽しく爽《さわ》やかだという。

吉行　ないねえ。

開高　寂しいな。

吉行　あなたあります？

開高　はい、二度か三度。

吉行　何度もという意味？

開高　いや何度もじゃありません。

吉行　種類はなんですか？

開高　ブドウ酒のときもあった、コニャックのときもあった、スコッチのときもあった、だけど極上品ね。飲んでごらんなさい、酔わないですよ。タハッ、オモチロイとか、そういうふうなことは叫ばなくなる。そして心身自ずから冴えわたる。

人はなぜ酒を語るか

開高　どうも人知と歳月を傾けて水に似たものをつくるのが人類の宿命らしい。

吉行　老酒《ラオチュー》というのにはあり得ないね、そうすると。

開高　いや老酒もあります。

吉行　水に近い老酒？

開高　あり得ます。まだ飲んだことないけどね。あれは紹興《しょうこう》のあたりで、娘が生まれたときに新出来の酒を瓶にいっぱい詰めて、土のなかに埋めるのね。そして娘が結婚するときにそれを掘り出して持って行かせる。世界にいろんなお酒の習慣はあるけど、娘にその年齢の酒を持って嫁に行かせるというのは、なかなか酒落《しゃれ》た振舞いですね。

吉行　やはりこれからの酒と言えば、水に近くなってしまうわけだ。

開高　いや、二極分解を起こすと思う。一方でブドウ酒のような酒、つまりプリミティブでおっとりしていて、いつまでも尽きない酒ね。そして一方でラム、ウオツカ、焼酎、こういうものが日本で伸びていくんじゃないかしら。

吉行　醸造酒と蒸留酒だな。

開高　くどくない、けばけばしくない味、生地で言えば純白のシーツのような感じの酒、ウオツカがそうでしょう。テキーラもそうでしょう。そういうふうになっていくんじゃないかな。

吉行　それが一つの極ね。

開高　大地震がなくて戦争がなければね。ゼロ成長でもかまわない、この状態が続いていくのなら、一方ではおっとりとした味、もう一方ではなんのけばけばしさもない純白の味を求めていくというふうに、度数も味もタイプも二極分解を起こしていくような気がする。これは一つの予言ですけど、現にその徴候ははじまっているよね。

吉行　そろそろ「人はなぜ酒を語るか」という結論に移ろう。

開高　これはこういうことにしませんか。「人はなぜ酒を語るか」という項目をこの本の最後に作るの。そして、「以上もういっぺんはじめから読み返して下さい」（笑）

吉行　それはいい、すごいアイディアだ。ただ、ちょっとつけ加えたいの。僕は『酔っぱらい読本』というのを作って、かなり幅広く集めた。それで面白かったのは、酒が飲めない男が集まって、ものすごく怒っているわけ、酒飲みをね。

開高　なるほど。苦肉の策だけど、それは面白いな。

吉行　ということは、つまり酒飲みはけしからんと。酒飲みの意識によれば、酒飲まん男は……。

開高　サルに似たり。

吉行　人間のうちに入らんとか。ところがやつらはなんだと、ということで非常に怒るわけ。だけどそれはある意味で、また酒を語っているわけよね。だからそれだけの面白い座談会ができるだけの力を酒自体がもっているわけ、酒並びに酒飲みがね。だからやっぱり彼らは酒を語ってることになるわけだ。

開高　ミスター・サイモン・ミウーラみたいに、いつもカトリックの奥さんのもとで脅えて暮してて、台所でコソコソとトマトジュースにウオツカを混ぜ合わせて飲むというふうな生活をしていると、酒飲みに出くわすと、共犯者意識がまず真っ先にきて楽しくなる。これがありますな。近ごろの言葉で言えばコミニュ、、チー感覚が生まれる。

吉行　あるいは罪悪感が、共犯ができることによって……。

開高　肩の荷が下りたいう感じになって、ホッとできるんじゃないの。それがとば口で、あとは無限の展開がありますが。

吉行　たしかにこの「人はなぜ酒を語るか」には、酒は精神、メンタルなものだということが出ていますね。だからもう一回読み返して下さいというのはいい。ここで言い過ぎると野暮になります。

あとがき

開高健

話芸は本人のちょっとしたイタズラ心があれば誰にでもタダで、しかも毎日、タタキ台をそれからそれと替えてはげむことのできる芸である。もちろんそれにもプロ芸とアマ芸の超えにくい線があるから、上手になってもうぬぼれてはいけない。吉行淳之介大兄とはもう二十四、五年のおつきあいになるけれど、いつごろからか、大兄は短篇の名手としてもさることながら、話芸の名手としてもアマ芸をしのぐ妙をお見せになるようになった。

大兄の話芸はテーマが文学であれ、女であれ、〝間《ま》〟のさりげないが石火でのとりかたが巧みであるという点に一つの特長がある。聞き上手、喋《しゃべ》らせ上手で相手にリキをつけさせ、突っこませ、それをいいところでひょいと寝技でうっちゃるのが、たいへん上手である。しかも、うっちゃったことを相手にそれと感じさせない。相手は対談が終って酒の気もとっくに切れた頃になってゲラを読み、あらためて自分が投げられているのに傷がついていないことに気がつき、大兄の苦労人ぶり、隠芸のうまさに感服させられるというぐあいである。

しかし、人生、何事も、身銭を切らなければ底が入らないし、根も深くならず、顔《がん》貌《ぼう》にそれがありありと出ることもない。おそらく大兄が、日夜、あの道、この道に注入なさったものは数字にすればただじたじとなるようなものだろうが、そのときどきに切りきざんだ〝こころ〟となると、評価のしようがない。中国人の好きな慣用語句の一つに、階段に足音はするけれど、姿は見えないというのがある。それをこの本の蛇の足として使うと、姿は見えないけれど、階段に足音がすると替えて、ことに大兄の発言に注意を配ってお読みになるがよろしかろうかと、愚考する。

小生はリキんで投げられるだけ。

ウイスキーは人を沈思させ
コニャックは人を華やがせ
ぶどう酒は人をおしゃべりにさせる。

とか。

（おことわり……大兄の前文中に小生を表現した一句に〝鯨飲馬食〟とありますが、

六年前に胆嚢《たんのう》切除の手術を受けてからは常人並みになっています。）

【銘酒豆事典】

●50音順　文末の（　）内の数字は本文掲載ページ

■アブサン（Absinthe）

スイス原産のニガヨモギで風味付けされたスピリッツで、正確にはアプサントという。十八世紀の終り頃スイス在住のフランス人医師兼薬剤師によってつくられ、たちまち人気を呼んでフランスはじめ世界的に広がった。アルコール度は六十八度と高く、アプサント・ドリップグラスという特殊な二重のグラスに角砂糖を入れ、少量の冷水で割って飲まれた。しかし、あまりにもアルコール度が高いため愛飲者にインポテンツが続出したが、それはニガヨモギのせいだとされ、世界各国で禁止された。現在市販されているものはアニスによって香り付けされたスピリッツであるが、酒税法上、エキス分二度以上のリキュールとされるものが多い。（*166,167,168*）

■アペリティフ（Apéritif）

食前酒のこと。ラテン語の aperio「開く」から由来した言葉だが、英語の appetizer「食欲をそそる」にも通じる。好みによって何を飲んでもよいが、ドライシェリー、ドライ・ベルモット、シャンパン、マテニーなどが好まれる。近年人気があるのが辛口の白ワインにクレム・ド・カシスのリキュールを加えたキールだが、高級なレストランでは白ワインの代りにシャンパンを使ってロイヤル・キールなどと呼んでいる。カンパリソーダも人気があるし、ビールやドイツワインを食前酒にするのも悪くない。（88）

■**アモンチラード**（Amontillado）
シェリーは製造プロセスから二つに分けられる。産膜酵母（フロール）を表面に繁殖させて独特な風味を持った辛口のフィノ。野天に樽《たる》を半年ほどさらして重合を促進させ、最後に甘口に仕上げるオロロソ。このフィノを十年以上熟成させれば濃色で高い香りのアモンチラードと呼ばれる酒になる。つまりアモンチラードはシェリーの一種というわけである。中には百年以上のものもあるが、このようなアモンチラードは風味のバランスがくずれ、強すぎて飲めないが、ブレンド用としては貴重。アラン・ポーの『アモンチラードの樽』という小説はアモンチラードの魅力で友人を地下室におびき出して殺すというストーリーである。（174,179,180）

■**アンゴスチュラ・ビターズ**（Angostura Bitters）

「わさびをきかせる」という言葉があるが、カクテルもまた数滴の苦味の強いリキュールを加えることによって味が締まる。この役割をするのがビターズ。なかでも最も有名なのが、西大西洋トリニダッド諸島でつくられるアンゴスチュラ・ビターズで、草根木皮からスピリッツを使って香りや苦味の成分を抽出してつくる。(66)

■**ウイスキー**（Whisk(e)y）

穀類を麦芽で糖化して発酵させた後、蒸留して得られるスピリッツをオークの樽で長期間熟成して生まれる風味をもつ蒸留酒。「ウイスキー」という言葉の語源「ウイスゲ・ベーハー」はケルト語系のゲーリック語で、フランス語の「ブランデー」、北欧の「アクアヴィット」と同じく「生命の水」という意味である。現在のウイスキーの風味が完成したのは十九世紀の後半。世界の代表的ウイスキー生産国は歴史の古い順にアイルランド、スコットランド、アメリカ、カナダ、日本の五ヵ国だが、それぞれ特徴のあるウイスキーをつくっている。一般的に個性の強さの順に並べると、アメリカのストレート・バーボン、スコットランドのシングルモルト・ウイスキー、同じくブレンデッド・ウイスキー、日本のウイスキー、アイルランドのブレンデッド・ウイスキー、カナダのブレンデッド・ウイスキーといわれる。(37,61,77,83,95,97,128,155,162,168,191,192)

■ヴィンテージ（Vintage）

ぶどうの品質は年によって変わる。雨が少なく気象条件に恵まれた年はぶどうの糖度が上がりワインはコクのある風味に仕上がる。しかし過度の日照にさらされると酸が落ちるからバランスのとれない風味にもなりかねない。逆に日照が不足したり、気温が低いと酸は多いが、軽い風味のワインになる。このようにぶどうの収穫年によってワインの風味には差が大きいので、個性を強調する格の高いワインは収穫年（ヴィンテージ）を強調しており、価格も異なる。つまりヴィンテージとは収穫年のことをさす。このため毎年のワインの状態を地方別にまとめたヴィンテージ表もある。

しかしヴィンテージを重視する必要のあるワインはごく一部の高級ワインだけで、一般にはそれぞれの年の特徴を生かし、欠点を補うブレンドによって、品質を平均化する場合が多い。例えば酸が多く軽い風味の年のワインと、厚味はあるが重くて魅力に欠ける年のワインをブレンドすればバランスのとれた風味に仕上がる。このように年の違うワインをブレンドすればヴィンテージを表示できないが、品質的に劣るわけではない。また単年度だけのワインでブレンドするか、複数の年のものをブレンドするかはその土地の長い慣習にも影響される。ヴィンテージによるワインの質の違いは気候条件の厳しい北の地方ほど大きいが、フランスと違って西ドイツのようにぶどうの糖度による格付けが行なわれている場合はヴィンテージによる風味の差はそれほど大

きくない。（96）

■**ウオツカ**（Vodka）
ロシアやポーランドで飲まれていたスピリッツで、ロシア語で「水」を意味するvoda からその名がつけられた。エチルアルコールの純度を高めるため精度の良い連続蒸留機を使用し、さらに雑味を除くために白樺《しらかば》炭などを時間をかけて通過させる。かつては非常にアルコール度の高いものもあったが、現在はどの国でもほとんど四十度。原料はいも類が主流だが、高級品は穀類を使用する。カクテルベースとして万能なところから、近年、世界的に消費が伸びている。冷凍庫で冷やして飲むと、また美味。（*20,21,22,23,66,77,162,189,191,192,193,194,198,199,200*）

■**カイピリーニャ**（Caipilinha）
ブラジルの国民酒的なカクテル。堅苦しく形式にこだわることはないが標準的には六オンスほどの底厚のタンブラーを使用する。レモン lemân（日本のレモンの半分位のレモンとライムの中間のような果実）一個を六つ切りにしてグラスに入れスティックでつぶす。ティースプーン三杯ほどの砂糖を加え、氷を加えた後、ピンガを満たし、混ぜて飲む。（*18*）

■**カクテル**（Cocktail）

簡単に言えば「酒をベースに数種の物質を混ぜた飲み物」、いわばミックスト・ドリンクのうち、酒に類するものの総称。したがってその種類は無限で、誰でもその気になれば創作することが出来る。カクテルの要素とは風味にバランスのとれていること、見た目の美しさ、好ましい名前などだが、これらの条件を満たすものが標準レシピとして定着することになる。古来ワインでも甘味や香料を加え、水で割って飲むことが一般的だったから、カクテルの歴史はたいへん古いといえる。「オンドリのシッポ」を意味するカクテルという言葉の起源は諸説さまざまで、謎《なぞ》につつまれている。東京付近六十二のホテルのチーフバーテンダーへのアンケート（サントリークォータリー十一号「ホテルでカクテルを楽しむ法」より。昭和五十六年実施）では、最も人気のあるカクテルは男性がマテニー、次いでマルガリータ、ブラディ・マリーとジン・トニック。女性はマルガリータ、マイタイ、ダイキリ、ピンクレディの順となっている。（18,20,62,66,67,191）

■**カクテル・シェリー**（Cocktail Sherry）

辛口のフィノを主体にアペリティフ用にブレンドしたもの。代表的なカクテル・シェリーとしてはハーベイ・ティコなどがある。（24）

■カストリ

戦後の食糧難時代、サツマイモを原料とした粗悪な焼酎《しょうちゅう》が闇《やみ》市場に出回った。組成的には「いも焼酎」とほぼ同じだが、鍋《なべ》で蒸留するなど技術上の無理もあって、イモ臭さがあり、水で割れば白濁するものも多かった。通常、果汁などで風味を付けたが、梅酒を加えた「梅割り」は中でも最高級とされた。なお本来の「粕《かす》取り焼酎」は、酒粕を原料につくられる。(*15*)

■カリフォルニア・ワイン（California Wine）

世界のワイン生産は近年ヨーロッパ以外の比率が増えているが、特に目立つのがアメリカ。生産量は二十年前の約二倍に達している。その中でも気候条件に恵まれているカリフォルニアはアメリカの八五パーセントを生産している。大規模なワインメーカーが多く、十社でアメリカワイン全体の八割を占めるが、同時に三パーセントほどの高級ワイン市場では数十の中小規模のワインメーカーが多額の投資をしている。いわばフランスの有名シャトーのような高い評判の確立を目指して頑張っている。ロバート・モンダビ・ワイナリーはその代表格。ファイヤーストーン・ワイナリーも七五年に初出荷して以来、はやくも一流ワインとの定評を固めつつある。(*32,33*)

■**カンパリソーダ**（Campari Soda）
イタリア・ミラノでうまれた有名なリキュールが、真紅色も鮮やかな美酒カンパリである。ビター・オレンジ・ピールを主原料に、りんどうの根など色々な草根木皮を配した風味は、おとな好みの苦みと快い甘さ、気品ある香りのハーモニー。通常はソーダで割り、レモンの一片を添えてアペリティフ（食前酒）として飲まれることが多い。これをカンパリソーダという。イタリアではカンパリソーダの瓶詰も売られている。（39）

■**グラッパ**（Grappa）
イタリアの粕取りブランデー。即《すなわ》ちフランスのマールと同じ。一般的にはあまり熟成されないので荒い風味で焼酎（乙類）に似るが、それなりのファンを持っている。（15）

■**コニャック**（Cognac）
フランス中西部のブランデー産地であり、同時に世界的に有名なブランデーの代名詞的存在。十七世紀頃からの歴史を持つが、特に十九世紀近くになって発展した。ワインを蒸留し、リムーザンオークの樽で長く熟成させた後、ブレンドをしてバランスのとれた風味をかもしだす。マールと違って原料ワインの選別は厳しく、すっきりした持味が特徴。熟成年数の違うブランデーをブレンドするので年数や収穫年度は記されず、スリースター、ＶＳＯＰ、ナポレオン、エキストラなどという名称でクラス分けされている。(*166,188,191,193,194,196,197*)

■サントリーオールド

単一銘柄としては世界で最も売れているウイスキー。昭和十五年に発表されたが、戦争のため市場に出たのは戦後もしばらくたった昭和二十五年。しかし、販売量は当時ごくわずかで、愛飲家の垂涎《すいぜん》の的であった。日本固有のウイスキーとして完成したからこそ、高い人気を保ち続けているのであろう。タヌキ、ダルマなどの愛称で親しまれている。(*46*)

■サントリー角瓶

日本の本格ウイスキーの歴史は昭和四年の「サントリー白札」の発売に始まる。八年後には現在の「特級サントリー角瓶」の前身、「サントリーウイスキー十二年もの」が登場。いつの間にかつけられた愛称「角瓶」が戦後、正式名称となるほどの人気を集め、個性豊かな亀甲《きっこう》模様の瓶と共に、多くの人々を魅《ひ》きつけてきた。(*36*)

■シェリー（Sherry）

スペイン南部のヘレス・デ・ラ・フロンテラ付近でつくられる白ワイン。シェークスピア戯曲でフォルスタッフの愛飲したワインのサックがこれだが、内容は十八世紀後半に大きく変って現在の酒精強化ワインのタイプになった。主発酵を終った辛口のワインを樽（五〇〇リットル入りでバットと呼ばれる）に上部に空間を残して詰め、表面に産膜酵母を繁殖させたり（フィノ）、戸外で半年ほど日光にさらす（オロロソ）。そのあとワインはソレラシステムと呼ばれるシェリー独特の方法で数年間かけて新・古酒が常に均質になるよう段階的にブレンドされ、さらに仕上げのブレンドによって辛口〜甘口の各種製品となり市場に出る。フィノはフロールの香りを生かした辛口で、アペリティフに向く（例・ハーベイ・ティコ）。オロロソは濃色甘口に仕上げてデザートワインに適する（例・ブリストル・クリーム）。しかし実際にはフィノ、オロロソと完全に分かれて市場に出るのではなく、ブレンドによって中間のさまざまな銘柄（例・ブリストル・ドライ）がつくられている。（14,24,87,88,89,90,95,174,179,180）

■シャトー・マルゴー（Château Margaux）

フランスのボルドー地方のメドック地区にあり、一八五五年にワイン商たちが第一級シャトーと格付けして以来、その評判はゆるぎないものになった。村の名前もマルゴーなので、第一級シャトーのなかでも最も名前が知られている。十五世紀中頃にモンフェランド男爵《だんしゃく》が開いた長い歴史のあるシャトーで、フランス革命当時の所有者はギロチン台で処刑されるなど、たびたびの変遷《へんせん》のあと、スーパーマーケット王のメンツェルプール氏（一九八〇年没）の手に渡り、現在、大改造中、さらに品質の向上と安定が期待されている。（96,97）

■**シャブリ**（Chablis）

フランスの辛口白ワインで最も評判の高いのがブルゴーニュの白ワイン。なかでも特に北部のシャブリの名が有名なため、世界各地でその土地の白ワインをシャブリという名で売っている場合が少なくないほどである。しかし中味はまったく違ったもので、カリフォルニアのシャブリも価格の安いやや辛口程度の並ワインがほとんど。本当のシャブリはシャルドネ種からつくられ、樽熟を経てきりっとしまった独特の風味に仕上がる、ごく辛口の白ワイン。生の魚介類のおいしさはほのかな甘味によるところが多いが、それを充分に味わうには辛口の白ワインが最善ということもあり、「生がきにシャブリ」の相性のよさは広く知られている。（33）

■シャンパン（Champagne）

正確にはシャンパーニュという。フランスのシャンパーニュ地方でつくられるスパークリングワイン（発泡性ワイン）の固有名詞だが、いまでは発泡性ワインの代名詞的存在になっている。糖質が発酵するとエチルアルコールと炭酸ガスが生成するが、この炭酸ガスを残したワインがスパークリングワイン。これにはさまざまな製法があるが、シャンパンは一度できたワインの糖分を再調整して瓶に詰め、酵母を加えて二次発酵させる。そのまま短くても一年、しばしば三年以上も石灰岩を掘ってつくった地下の洞穴に置かれるが、酵母の一部は自己分解してワインの中に蛋白質《たんぱくしつ》が増えるから、泡持ちがよく、風味が向上する。さらに一本一本の瓶を三ヵ月ほどかけて手で回し、オリを瓶口に集め凍らせて除く。このように大変な年月がかかるのでシャンパンの価格がはるのはやむをえない。（*111*）

■シャンベルタン（Chambertin）

ブルゴーニュのグラン・クリュー（最高の格付け）で有名な赤ワイン。ブルゴーニュの赤はピノ・ノワール種からつくられ、ボルドーのカベルネ種に比べるとタンニンが少なく、比較的若くてもおいしく飲める。「ブルゴーニュの赤は男性、ボルドーは女性」という有名なことわざがあるが、これは昔のことで現在はあまりあてはまらないが、ボルドーと比べてアルコール度は高く、酸味はやや強いところから出たものであろう。シャンベルタンが有名になったのは、ナポレオンが特にこのワインを好んだという伝説によるところが大きい。(33)

■**ショート・ドリンクス/ロング・ドリンクス**(Short Drinks, Long Drinks)
ショート・ドリンクスはミックスト・ドリンクスをつくる段階でよく冷やし、カクテルグラスに注《つ》ぎ、温まらないうちに二、三口で飲むものをいう。狭義でカクテルというときはこれをさす。ロング・ドリンクスはタンブラーなど大きなグラスに氷を入れたミックスト・ドリンクスで時間をかけて飲める。近年はウイスキーの水割りをはじめロング・ドリンクスが増えているが、これも広い意味でカクテルに含まれる。(88, 89,90)

■**醸造酒**
一般的に酒は穀類や果実など農産物に含まれている糖や澱粉《でんぷん》を発酵させてエチルアルコールを生成するが、発酵してつくる酒の総称が醸造酒である。代表的なものは、果実の糖を発酵させるワイン、澱粉を糖化してから発酵させるビール、清酒、老酒《ラオチュー》などがある。(194,199)

■焼酎

穀類からつくる蒸留酒だが、製法上二つに分けられる。古くから行なわれている単式蒸留釜《がま》を使うのが乙類で、原料の風味が味わえる。今世紀に入ってから発達した連続蒸留機によるのが甲類で、エチルアルコール自体のうま味を生かしている。酒税法上、乙類はアルコール分四五パーセント以下、甲類は三五パーセント以下と決められている。税法上優遇されているだけに制約があり、木樽で一年以上熟成したり、ウオツカのように炭層濾過《ろか》により酒質を磨くことも禁止されている。(14,15,18,19,174,191,192,194,199)

■蒸留酒

醸造酒を蒸留したものを蒸留酒という。ワインを蒸留すればブランデーになる。本来ブランデーは熟成しないものも含むが、実際はオーク樽で長年熟成させたものを呼ぶ場合が多い。ちなみにキルシュ(さくらんぼ)、フランボアーズ(木いちご)など、ぶどう以外の果実酒を使った蒸留酒の中には熟成に樽を使わずにガラスの籐巻《とうまき》瓶などを用い無色に近いものが多い。穀類を原料とする蒸留酒は原則として、熟成させないウオツカ、ジン、アクアヴィットなどのホワイトスピリッツと、オーク樽の熟成によって風味をつけるウイスキーとに分けられる。さとうきびを原料とするラムにはこの両者がある。また焼酎は甲類、乙類ともに本来ならホワイトスピリッツに含まれるものだが、税法上ホワイトスピリッツとは区別されている。（*15,162,163,174,189,192,193,194,199*）

■ジン（Gin）
杜松《ねず》（juniper《ジュニパー》）の実の香りを主体に数種の種子・果実などで風味付けされた、穀物原料の蒸留酒《スピリッツ》。最初に創《つく》り出した人は十七世紀のオランダの医師、シルヴィウス博士。利尿剤としてつくったといわれるが、さわやかな飲み口が人気を呼んで広く飲まれるようになった。オランダ王室のオレンジ家はイギリス王室と姻戚《いんせき》関係にあったため（名誉革命のときオレンジ公ウィリアムはイギリスの王位にもつく）、ジンは海を渡って大流行した。オランダ・ジンの重さに比べ、イギリス産は洗練された切れ味が特徴。主にロンドン・ドライ・ジンと称され、カクテルベースとして広く愛飲されてきた。西ドイツのシュタインヘイガーもジンの一種であるが、これは、零下十五度くらいに冷やし、小さなグラスで飲むことが多い。（*45,66,77,162*）

■ジン・フィズ（Gin Fizz）
最もポピュラーなカクテルのうちのひとつ。標準的なつくり方は、ジン四五ミリリットル、レモンジュース二〇ミリリットルにティースプーン二杯分の砂糖を加えてシェークしてタンブラーに注ぎ、氷を加えた後ソーダで割る。しかし近年はジンをトニックウォーターだけで割り、甘味をおさえたジントニックに人気が移りつつある。(163)

■スコッチ・ウイスキー（Scotch Whisky）
スコットランド産のウイスキー。伝統は古いが、現在の製造法が完成したのは十九世紀中頃と比較的新しい。ピート（泥炭《でいたん》）の燻香《くんこう》をつけた大麦麦芽を原料に単式蒸留でつくる華やかな風味のモルト・ウイスキーと、とうもろこしの澱粉を麦芽で糖化、発酵した後、連続蒸留してつくる温和な風味のグレイン・ウイスキーの両者をブレンドしてバランスのとれたブレンデッド・ウイスキーが主流。ごく一部では、それぞれのディスティラリーの個性が楽しめるシングルモルト・ウイスキーとして市場に出ている。(79,194,196,197)

■ソーテルヌ（Sauternes）
フランス・ボルドー地方にある甘口白ワインの産地名。一八五五年のパリ博覧会の際にメドック同様、シャトーの格付けが行なわれ、中でも最も有名なシャトー・ディケムの名は世界に鳴り響いている。シャトー・ディケムのような高価なワインは貴腐ぶどうを原料にしてつくられる。貴腐ぶどうはぶどうが熟成しはじめたとき、果皮にボトリチス・シネレアという特殊なカビが付いてろう質を溶かし、水分の蒸発を促進する結果、ぶどうの糖度が極度に上昇したもので、このぶどうからつくられる華やかな香りの甘美なワインはドイツワインのトロッケン・ベーレンアウスレーゼとともに甘口ワインの王様として珍重される。日本では、サントリー山梨ワイナリーで一九七五年に初めて貴腐ワインがつくられた。(*32,169*)

■テキーラ(Tequila)

竜舌蘭のパイナップル状の実が原料の蒸留酒。本来はメスカルと呼ばれるスピリッツのうち、テキーラの町の付近でつくられる高級品をテキーラといい、原料は特にアガベ・アズール・テキラーナという品種からつくられる。ラムと同じようにホワイト、ゴールドなどの種類があるが、香草類で香り付けをしたものもある。カクテルにはホワイト・テキーラが一般的で、特にホワイト・キュラソーとレモンジュースとをシェークして、口をレモンでぬらし塩をまぶしたグラスに注ぐマルガリータというカクテルは、東京のホテルのバーの調査で女性に一位、男性には二位と高い人気がある。(*191,194,199*)

■ドイツワイン（Deutschwein）

ヨーロッパのワイン産地の中で、西ドイツは最も北に位置するだけに果実にも酸が多く含まれている。この高い酸を適度の甘味でバランスをとり、ぶどうの香りを残して美味《おい》しく仕上げたのがドイツワインの特徴である。九割近くが白ワインであり、ワインを飲み馴《な》れていない人でも美味しく飲めるので生産量はフランスやイタリアに比べて八分の一にしか過ぎないが、世界各国で愛飲されており、日本への輸入量もフランスワインに匹敵するほどである。輸出市場では圧倒的にリープフラウミルヒ（聖母の乳）という名のワインが多いが、この名はサントリーの輸入しているファルケンベルク社の所有するヴォルムスの聖母教会のぶどう園から由来しており、同社のリープフラウミルヒには他と区別するため特に「マドンナ」の名を加えている。また、近年国内消費が大きく伸びるにつれてドイツワインも辛口の比率が大きく増えているが、サントリー山梨ワイナリーと姉妹ワイナリーの盟約を結んでいる名門シュロス・フォルラーツは以前から辛口のワインづくりで定評がある。（14,32）

■濁酒《どぶろく》

戦中戦後の食糧難時代、米を保有していた農家では酒を密造し闇《やみ》市に流すこともあった。製造法は蒸し米と米こうじに水を加えて糖化発酵させる。清酒より製造法が単純だから、アルコール度数も十一～十三度のものが多い。未発酵の米粒は下に沈むから、上部を汲《く》めば薄い白色の濁り酒、底部は白色の固形分の多い酒となる。当時の闇酒としては最高級品。清酒よりお腹《なか》がふくれ、また多く飲むと、ジワジワと酔いが回って足をとられたり、吐く醜態を演じやすいといわれる。別名「白馬」。(29,30,36,41,42,43,188,194)

■トリス／トリス・バー（Torys, Torys Bar）

サントリーが製造・販売しているウイスキー（二級）。戦後、洋酒メーカーはさまざまなウイスキーを発売したが、本当のウイスキーらしい味のものはなかった。そういう状況のなかにあって、サントリーは戦火をまぬがれた山崎工場のモルトウイスキー原酒と、長年にわたって培《つちか》われた優秀なブレンド技術によって昭和二十五年にトリスを本格的に売り出した。昭和二十四年の統制撤廃から十三年後にはウイスキーの消費は二十五倍に増えたが、「うまい・やすい」トリスが日本人のウイスキーに対する親近感を確立したことが大いにそれをたすけ、実際に圧倒的なシェアを誇っていた。また、この外来酒であるウイスキーが短期間で日本中に浸透したのは、昭和三十五年から全国各地にひらかれたトリス・バーの力があったからだという。それまで酒は宴会で騒ぎながら、あるいは独り憂《う》さ晴らしに飲むものであったが、トリス・バーは酒を通して友と酒を語り、生活を豊かにするものに変えていった。その後、日本人の急激な所得増と共にトリス・バーはオールドが中心のサントリー・バーに変わり、トリスはもっぱら家庭で飲まれるウイスキーとして現在でも広い愛好者をもっている。(*151,157,158*)

■日本酒（清酒）

日本では縄文晩期から米を原料にした酒づくりが行なわれていたとされる。しかし現在の清酒のようにこうじを使った酒づくりは十世紀に著わされた『延喜式《えんぎしき》』にはじめて記されており、それ以前の酒は清酒とはまったく別のものだった。清酒は世界的にも珍しい高いアルコール度の醸造酒であるが、これは米とこうじを数回に分けて加えているからであり、この方法もすでに『延喜式』に記されている。しかし、現在の清酒にほぼ近い精白米を使った醸造は十六世紀後半、大和の正暦寺《しょうりゃくじ》ではじめられた「奈良諸白《もろはく》」以来とされている。それでも濾過によって清澄《せいちょう》な酒をつくる技術は難かしかったので、庶民の飲む酒は十八世紀後半まではほとんどが濁酒だった。十八世紀前半から発達した灘《なだ》は十九世紀前半に大きく飛躍して日本の清酒醸造地の中心的存在となった。(*16,29,49,163,194,196*)

■**ハーベイ**（Harvey）
イギリスの著名なシェリーのメーカー。シェリーはスペインのヘレスでつくられるワインの一種だが、今日一般的に飲まれているシェリーにつくりあげたのは十九世紀後半のイギリス人である。現在でもイギリスへの輸出が圧倒的に多く、これらはブリストルなどで最終製品に仕上げて市場に出る。ハーベイ社はこのイギリス系シェリー会社の中でもトップの座にあり、近年ヘレスでのシェリー生産についても革新的な技術改善によって品質の一層の向上を進めている。最も有名な銘柄は甘口のハーベイ・ブリストル・クリームだが、中甘口のブリストル・ドライ、辛口のティコも人気がある。（180）

■**バーボン・ウイスキー**（Bourbon Whiskey）
アメリカのウイスキーで、原料の五一パーセント以上がとうもろこし。蒸留法はスコッチや日本のモルト・ウイスキーと異なり、連続蒸留機で行ないアルコール分は八〇パーセント以下、内面を炭化させた（チャーと呼ぶ）ホワイトオークの新樽《たる》に熟成させる。そのため樽から強い香りが加わり、独特な風味がつくられる。アメリカ以外の国ではウイスキーの風味を柔らげるために、ブレンデッド・ウイスキーとして飲まれるのに対して、アメリカ人の半数以上はストレート・バーボン・ウイスキーとして飲

んでいる。日本でも若者の間にバーボンファンが増えている。（79,170）

■ハイボール（Highball）

ふつうはウイスキーのソーダ割りをさすが、広義にはウイスキーに限らず酒を氷の入ったタンブラーグラスに注ぎ、ソーダかジンジャーエールで割ったものをさす。日本でもトリス・バー全盛の時代には「トリハイ」として親しまれた。ハイボールという名前の由来については次のような話が伝わっている。アメリカのあるゴルフ場でスタート待ちしていた紳士が、ソーダ水をチェーサーにしてウイスキーのストレートを飲んでいた。スタートのコールを聞いたので、飲み残しのウイスキーをソーダ水に入れて飲みかけたところに、前の組の男が打ったボールがフラフラと高く上がって紳士のすぐ横に飛んできた。思わず紳士が「何たるハイボール」と叫んだところから、この名が飲み物の名前になったというのである。（163）

■バクダン

戦中戦後、燃料用アルコールはメチルアルコールを加えピンクに着色されていた。酒の代りに飲まれて酒税を脱税されるのを防ぐためである。しかし、これをもとに活性炭で脱色、濃度を焼酎《しょうちゅう》と同じ二十五度ぐらいに薄めて売られていた。これを飲んだ人は下手をすると失明したり死亡するということからバクダンという名が生まれた。なお一説には、品質の悪い粗製工業用アルコールをそのまま横流ししたものをさすという説もある。（36）

■**般若湯《はんにゃとう》**

仏教の僧侶《そうりょ》の隠語で、清酒のこと。梵語《ぼんご》で般若は知恵の意。酒を飲めば妄想を離脱して、清浄に帰する、というところから出たのだろうか。（60）

■**ビール**（Beer）

世界で最も広く飲まれている酒。大麦麦芽が主原料で、ホップを風味付けした醸造酒だが、炭酸ガスを含んでいるのが特徴。色は淡色から濃色まで、味も甘味から苦味まできまざまな段階がある。製造法は大きく分けて上面発酵と下面発酵の二通りある。昔は上面発酵が中心だったが、これは発酵が終っても酵母が浮いていて沈降しにくいので濾過《ろか》が充分ではない。冷凍機が発明されてからは、低温で行なわれる下面発酵が発展したが、これは発酵終了後、酵母が沈降するので濾過しやすい。下面発酵で、温度を零度近くに保ち一〜三ヵ月熟成させてから製品化する淡色のビールをラガーというが、伝統的に上面発酵中心のイギリスでも最近はラガーの伸びが目覚ましい。ラガーの中でも特に人気があるのが生ビールである。製造過程で過熱殺菌をしないのでビール本来のさわやかな風味が楽しめる。しかし加熱処理をしないということは、粒子の大きな酵母を濾過しただけでは不充分で、ビールを汚染する極めて小さな微生物を封入しないように工程全体の管理が行なわれていなくてはならない。また加熱をしなくても、微生物を含まない生ビールの保存性は加熱殺菌したビールに劣ることもない。(14,20,37,38,61,62,83,90,163)

■ピスコ（Pisco）

ペルーのブランデー。もともとピスコとはペルー南部の港の名前である。良質のものは近くのイーカ・ヴァレーでマスカット種のぶどうからつくられる。熟成は樽でなく内面をろう引きした素焼のかめで行なわれ、ほとんど若い間に飲まれるので色も淡く、ブランデーのような風味にはならない。下級品はぶどうやワインの絞り粕《かす》からつくられる。レモンジュースやパイナップルジュースをピスコに加えて水で割る酸味のさわやかなピスコ・パンチやレモンジュースに砂糖と卵白を加えてビターを一滴落としたピスコ・サワーなどのカクテルが広く飲まれている。（14,15）

■ピルスナー（Pilsner Beer）

昔のビールは上面発酵が多かったが、十九世紀後半に製氷機が発明されて低温で発酵させることが可能になってから、発酵終了後、下に沈降する下面発酵酵母によるビールづくりが中心になった。下面発酵ビールの代表がチェコスロバキアのピルゼン町の淡色ビールと、ドイツのミュンヘン市の濃色ビール。しかし現在は世界的に淡色ビールが圧倒的で、ミュンヘンですら淡色ビールのほうが優勢になっている。世界各地でつくられるこの淡色ビールをピルスナータイプと呼ぶ。ラガービールという言葉もほぼ同じものをさすが、強いて区別するとピルスナーのほうがやや苦味の多いビールをさしている。(90)

■**ピンガ**(Pinga)

ブラジルのラム。国民酒のように広く飲まれている。さとうきびからつくられるのはバカルディなどのラムの有名品と同じだが、ごく家内産業的につくられるため風味は洗練されていないものが多い。小規模につくる場合はさとうきびを絞ってすぐ発酵させた後、蒸留する。製糖会社などは砂糖の結晶を採った後の糖蜜《とうみつ》を原料としてつくっている。(16,17,18)

■ブラディ・マリー（Bloody Mary）
ウオツカのトマトジュース割りにレモンの小片を飾る。好みによりウスターソースやタバスコ、塩、こしょうを加えセロリスティックを添える。ブラディ・マリー（血まみれのメアリー）と聞けばカソリックの復活のため多数の新教徒を処刑した十六世紀半ばのイギリス女王をまず思い出すが、このカクテルの名の由来はそんな殺ばつなものではないようだ。数説あるが、一説にはヴラディミアというレストランのバーテンがつくり出したもの。他説には夜半過ぎに飲み過ぎたジョージという男がリフレッシュするため、パームスプリングスのビストロに入ったところ、バーテンがいなかった。そこで勝手にカウンターに入ってトマトジュースでウオツカを割って飲み物をつくり楽しんでいるとき、近づいて来たメアリーという女性にうっかりこぼしてカクテルを服にかけてしまった。「赤くならなかった？　メアリー（Aren't you bloody? Mary）」とあやまったところから出たともいう。（20,22,23）

■ブランデー（Brandy）
広い意味では果実の蒸留酒をさすが、ふつうはぶどうの蒸留酒をブランデー、その他の果実の場合はフルーツ・ブランデーと呼びならわしている。同じ蒸留酒でも大麦麦芽などの穀類からつくれば、もちろんウイスキー。ところで、ウイスキーは必ずオークの樽で熟成して風味付けしたものに限るが、ブランデーという場合は未成熟のものも含まれることが少なくない。しかし、やはり常識的にはウイスキー同様、オークの樽で熟成された風味を持つ酒をさしている。ブランデーの産地で特に有名なのがコニャックとアルマニャック。前者は単式蒸留釜で二回蒸留、後者は精留塔つき回分蒸留機で蒸留されるのが伝統的な方法だが、近年はコニャックと同じ蒸留機も使われているようだ。同じぶどうを原料にするマールに比べて洗練された風味が特徴である。(*14,152,178,193*)

■**ブルゴーニュ**(Bourgogne)
フランス中東部にあり、西のボルドーと共にフランスを代表するワインの産地。面積はボルドー地方の半分以下だが、ピノ・ノワール種からつくられる北部のコート・ドールの赤ワインはボルドーのカベルネとは違った個性で強い人気を集めている。またシャルドネ種からつくられる白ワインは世界的に最も評判の高い辛口ワインで、北のシャブリ、中部のコート・ド・ボーヌ(コート・ドール南部)、南部のマコネー(ボジョレーの北方)などの各地区でつくられており、特にコート・ド・ボーヌ地区のモンラッシェは辛口ワインの王様といわれている。(*169*)

■ペルー、チリ、アルゼンチンのワイン

南アメリカの諸国は十六世紀にスペイン人に征服されたこともあってワインづくりが盛ん。アルゼンチンは一人当り年間八十リットルとフランス、イタリアに近いほどの消費量だし、チリも五十リットルと、東欧圏以上によくワインを飲んでいる。南アメリカへの最初のヨーロッパ品種の持込みは一五五〇年、ペルーに宣教師がミッション種を伝えたのが最初とされるが、ペルーではその後ほとんど発達せず、続いて栽培のはじまったチリ、アルゼンチンで大きく発展した。アルゼンチンは十九世紀後半に二万名を超えるイタリア人移民によってワインづくりが大きく発展し、大規模なワイナリーが多いが、国内消費が多いこともあって、輸出はあまり活発ではない。赤ワインが多く、赤二、ロゼ一・五、白一くらいの比率で飲まれており、赤ワインの主要品種はマルベック、ロゼはクリオラ、白はペドロ・ヒメネスとトロンテスが多い。チリは白ワイン一に対し赤ワイン四の比率で飲まれており、赤ワインの三分の二はパイス種（「土地の」という意味でアルゼンチンのクリオラと同品種）からつくられるが、十九世紀中頃、フランスから高級品種を輸入し、カベルネ・ソービニヨン、マルベックなどが広く栽培されている。白ワイン品種ではセミヨンが圧倒的で、次いでトレビアーノ、ソービニヨンブランも多い。（33）

■**ベルモット**（Vermouth）
イタリア北部ピエモンテ州の特産で、ワインをベースに数十種の香草類の香りや糖分を加えたフレーバードワイン。最初は甘口のものだったが、フランスで辛口のベルモットがつくられ、現在ではどちらの国でも両方のタイプがつくられている。辛口はアペリティフに、甘口はデザートワインとして最適だが、辛口と甘口を混ぜたハーフ・アンド・ハーフも好まれている。マテニー、マンハッタンをはじめとするカクテルにも欠かせない。（66）

■**ホイリゲ**（Heurige）
炭酸を軽く含む辛口のフレッシュな白ワイン。ふつうは一年以内に飲まれる。オーストリアのヨゼフ二世が一七八四年に、自家製のものに限って農家でもワインなどの販売を許可したことにはじまる。ウィーン名物として世界的に名高く、郊外のグリンツィング近くには年中賑《にぎ》わっているホイリゲンローカレと呼ばれる酒場が多い。ここではショーケースに並ぶ簡単な料理の中から好みのものを選び、老楽師たちが奏《かな》でるしっとりした音色を聞きながら、小さなジョッキでホイリゲを味わうのだが、ウィーンを訪れる旅行客たちが必ず訪れるといわれるほどの人気である。（28）

■**ボジョレー**（Beaujolais）

ボジョレーとはブルゴーニュ南部の赤ワイン産地でブルゴーニュ全体の三分の二を生産しているが、そこでつくられたワインもボジョレーという。ブルゴーニュ北部の赤ワインがピノ・ノワール種からつくられるのとは違って、ガメー種からつくられ若々しい香りと軽いフレッシュな風味が特徴で、近年世界的にも一段と人気を集めている。特にその年に収穫したぶどうからつくられた新酒（ヌボー）が十一月中旬から出荷され、このヌボーがボジョレー全体の四割近くを占めるほどであるのも一般の赤ワインと大きく違う点である。また、ボジョレーのすぐ南方にリヨン市があり、その周辺にフランスで最も評判の高いレストランが集まっている。(35)

■**ボルドー**（Bordeaux）

フランスでも最も有名なワイン産地でフランス西南部の大西洋寄りにある。歴史はローマ時代に遡《さかのぼ》るが、十二世紀にイギリス領になってからぶどうづくりが盛んになり、特に十八世紀はじめからは貴族や大商人を中心に大ぶどう園が拓《ひら》かれワインづくりが企業として発展した。これがいわゆるシャトーワインのはじまりである。特にメドック地区に有力シャトーが集中し、一八五五年のパリ博覧会を機に当時の取引価格を参考にしたシャトーの格付けも出来て、現在でもそれが通用している。カベルネ種の個性のきわ立つ赤ワインと甘口の白ワインが特に有名。赤ワインでは前記のメドックの他《ほか》、小規模なシャトーの集まるサンテミリオン、ポムロール、グラーヴ、甘口の白ワインではソーテルヌが特によく知られている。高価な銘柄は貴腐ぶどうからつくられる。ソーテルヌのガロンヌ川対岸の地区でも甘口ワインがつくられている。グラーヴでは赤ワインと共に従来やや甘口の白ワインが主としてつくられて来たが、現在では白ワインは辛口中心に変わっている。辛口の白ワインでは他にアントル・ドゥ・メールがよく知られている。(*25,34,169*)

■**ホワイトスピリッツ**(White Spirits)
ウオツカ、ジン、ホワイトラム、テキーラなど無色に近いスピリッツの総称。カクテルベースとしても人気がある。ウイスキーやブランデーなどが琥珀色《こはくいろ》になるのはオーク樽《だる》で熟成するためであるが、ホワイトスピリッツは樽熟させないために色がつかないのである。本文対談にもあるとおり、近年アメリカをはじめ各国で大きな伸びをみせている。(*191,192,193*)

■**マール**(Marc)
フランスの粕取りブランデー。一般的にはワインをつくる際のぶどうやワインの絞り粕からつくられるので、いわゆるブランデーより強烈な個性を持ち、人による好き嫌いが激しいが、樽で長く熟成させたものの中にはかなり美味《おい》しく飲めるものがある。(14)

■マテニー（Martini）

数多くのカクテルの中で最も有名で話題も豊富なのがマテニー。基本的なレシピは、ドライ・ジンをベースにドライ・ベルモットを加えてステアし、カクテルグラスに注いでスタッフドオリーブを飾るというものだが、ドライ・ベルモットの量が論議の的。一対一から始まって、三（ジン）対一、五対一と、通人ほど辛口を好むとされ……遂《つい》にはベルモットの瓶をにらむだけでよいとする、男たちのスノッブ意識を揶揄《やゆ》する落語のような話もある。他方、マテニー・オン・ザ・ロックスが登場し、ウオツカやラムなど他のスピリッツをベースにと、マテニーの楽しみ方は拡《ひろ》がるばかり。カクテルの王様の座は揺るぎそうにない。(60,63,65,66,67,163)

■ミュスカデ（Muscadet）

フランスのロアール地方のロアール川河口に近いナント付近でつくられるワイン。ミュスカデにはもともとムロン・ド・ブルゴーニュという名前があるが、この地方ではミュスカデと呼ばれている。辛口のさわやかな白ワインだからブルゴーニュより手軽に飲めるのでパリなどでも愛好されているが、輸出比率は小さい。一般に若いうちに飲まれている。(99)

■メチル (Methyl)

戦中、戦後と酒を容易に工面出来なかった時期、燃料アルコールなどを闇《やみ》で手に入れ飲む者もあった。エチルアルコールは燃料用などに使用される場合、税金の差から「酒」として飲まれないように、メチルアルコールなどを五パーセント加えてあり、区別するためピンクに着色してある。アルコールは飲むと体内で酸化され、アルデヒドを経て炭酸ガスと水に分解される。エチルアルコールの場合はアセトアルデヒドとなり二日酔い程度で大きな害は無い。だが、メチルアルコールは毒性の強いフォルムアルデヒドとなるため、一度に三〇グラムも飲めば失明し、さらに多ければ死亡するという。まさに〝毒薬〟である。(38)

■老酒《ラオチユー》(紹興酒)

中国の代表的な醸造酒。米を原料にする点は清酒と同じだが、製法上はさまざまな差がある。最も大きく違う点は、清酒が「こうじかび」を使うのに対して老酒は「くものすかび」によって澱粉《でんぷん》を糖化することである。麦や米の粉を水で練り固めて団子状のものをつくり、これにくものすかびを繁殖させている。また清酒と違って、カメに入れて口を密閉したまま長年熟成させるため、上等な老酒の風味は清酒よりもむしろシェリーのアモンチラードに近くなる。紹興酒の語源は浙江《せっこう》省の紹興という地名だが、台湾産でも紹興酒と名乗るものがある。（198）

■ラム（Rum）

さとうきびから砂糖の結晶をとれば糖蜜ができるが、この糖蜜を発酵して蒸留した酒がラムである。伝統的にスペイン系の国では連続蒸留機で蒸留するのでおとなしい性格になるから熟成は行なわない。一方イギリス系の国では単式蒸留機を用いるので華やかな性格になり、樽で熟成して風味を柔らげている。前者をホワイトラム、後者をダークラムと呼んでいるが、現在では同じ会社が両方のタイプをつくることが多い。昔は船乗りの酒として有名だったラムも、現在ではカクテルベースとして人気があり、アメリカで最も多く飲まれているスピリッツはバカルディのラムである。なお製法は同じでもアルコール分が九十五度以下で蒸留される場合はラムと呼ばれるが、九十五度を超えるものはニュートラル・スピリッツという場合が多い。（*16,189,191,192,193,194,198*）

■リキュール（Liqueur）

簡単にいえば、香草類や果実で風味付けされたエキス分が二パーセント以上の酒類。中世のヨーロッパでは錬金術師たちが不老長寿の薬づくりに熱中して、さまざまな草木や木皮を蒸留酒につけて有効成分を抽出したのがリキュールのはじまりである。したがって歴史の古いリキュールは香草系のものが多く、ディジェスティフ（消化のための酒）として食後に飲まれた。この種ではシャルトリューズがよく知られている。しかし時代が下るにつれてオレンジ系のキュラッソーのような果実系の風味付けをしたリキュールがつくられるようになり、カクテルやケーキなどにも使われている。新しいところではメロンリキュールのミドリが欧米でも大きな人気を博している。（*190,191*）

■レッド・アイ（Red Eye）

ビールとトマトジュースの半々のミックスト・ドリンク。色が赤いところとトマトジュースに近く二日酔い向きの酒というところから出た名前であろうか。（20,57,62）

■ワイン（ブドウ酒）（Wine）
ぶどうを原料にした醸造酒。製造自体は一年のうち一ヵ月足らずだが、よいワインをつくるためには年間を通じて、ぶどうの栽培やワインの熟成や保存に気を配らなくてはならない。大へんな手数がかかるので、大規模な製造は不可能であり、他の酒に比べて生産者は極めて多い。ワインは果皮をつけたまま発酵すれば赤、果皮を除けば白、その中間がロゼになる。また製造過程で、エチルアルコールの生成とともに発生する炭酸ガスの一部をワインの中に残せばシャンパンに代表される発泡性のスパークリングワインになる。さらに発酵途中でスピリッツを添加して甘味を残したポートワイン、発酵終了後にスピリッツを加えた酒精強化ワインのシェリー、香り付けに果実を加えたサングリア、香草類を加えたベルモットなど製造法のちょっとした違いでさまざまなワインが生まれる。したがってワインは他の酒類とは比較にならないほど種類が多く、価格も多様である。このようなワインに親しむためのポイントは、自分がおいしく飲めるワインを選ぶこと、高価なワインを回数少なく飲むよりも手頃な価格のワインを数多く飲むこと、料理とワインの組み合わせは書物にある公式的なものにこだわらずに自分の味覚に忠実であることなどである。（16,18,24,25,27,32,33,34,36,49,62,88,95,98,174,190,191,192,193,197,198）

解　説

井　尻　千　男

愉快な対談である。ただ面白おかしいというのではなく、一言でいえば、ここには人生がある。その人生はきわめて男性的なものである。この場合の男性的能力というのは、すぐれて妄想力《もうそうりょく》に富んでいるということである。想像力といってもいいのだが、ここは酒席であるから妄想力としておきたい。

不惑を過ぎてたいがいの男性が自覚することの一つは、男とは妄想する動物である、ということである。もちろん少年も青年も妄想力には富んでいるのだが、健康な肉体がそれをかき乱してしまうために、自律した妄想になりにくいのである。

ただ、ちょっと怖《おそ》ろしいところは、不惑を過ぎると、その妄想力＝想像力の味わいと人格との関係が、おのずと問われることである。ピンからキリまで、月とスッポン、駄目なものは、もう決定的に駄目なのである。いうまでもなく、吉行淳之介氏も開高健氏も月である。対談、話芸の名手である。

酒席の話芸のほんとうの面白さは、知識でも雑学でもなく、もちろんそれもあるに越したことはないが、経験、妄想のたぐいを虚実皮膜の距離感をもって語る芸である。そのためには、人生という元手がかかっていなければならない。その意味は、仮に「美酒について」と題されていても、かつて美酒、美食、美女の日々がかくの如《ごと》くにあった、などということではさらさらない。かりに、美酒が安酒になり、美食が粗食、悪食《あくじき》になり、美女が悪女、猛女、毒婦であってもいっこうにかまわないのである。美酒・美食のほんとうの喜びを知るためには、飢餓・粗食の日々を知らねばならない。美酒・美食についての英才教育は、名ソムリエや名シェフを育てることはできても、決して文学的表現に達することはない。せいぜいカタログの作成といったところであろう。

たとえば、少年健の次のような姿はいかがであろうか。

開高　復員帰りがですな、ごろごろ寝てますね。戦争中と戦後のひとつのはっきりとした違いは、戦後には駅の周辺では餓死者がよく見つかった。戦争中には食う物もなにもないのに一人もいなかった。この違いがありますね。そのおっさんの横なんかに、ドタンと天地晦冥《かいめい》のまま寝ていると、ザワザワッと地下鉄の客が喋《しゃべ》りながら上を渡って行く。その声がときどき、えらいくっきりと耳に入るんですが、「おお戦争には負けとうないな、こんなガキが酒くろうて寝とる」。

吉行　それはいいね（笑）。

開高　ところが痛さとか苦痛というのと同じで、汚辱というのも、ある段階を通り越すと、きわめて甘美なものになってきますからね。もうちょっと汚れる方法はないかとか、もっと落ちる方法はないかというようなことを求める。博打《ばくち》の負けがこんできたときの心理と同じで。

ここに、早熟な文学少年の無頼とデカダンスとユーモアの精神がある。後段には若干あと講釈の感はあるにせよ、すでに立派な文学者の眼差《まなざ》しがある。苦痛や汚辱も、「ある段階を通り越すと、きわめて甘美なもの」になってくるという距離感と逆説の自覚と洞察力は、もう完成された作家の自意識といってよいものである。

公平を期すために、ありし日の吉行淳之介を偲《しの》ばせる個所を引用しておこう。

開高　少し言葉を変えれば、若者には過《あやま》ちを犯す特権があります。

吉行　あるいは恥をかく特権ね。戦争中の話だけど、何人かでどこかの料理屋へ行ったとき、どうしても帰らない人が一人いるんだ。いっしょに、女の子なんかもいるから、彼女の家からどうしたんだって電話がかかってくるわけね。そのとき仲居さんが「どうしても酔っぱらって帰らない人がいる」と返事してるんだが、それが僕なのね。なにしてたかというと、一円札を出して「一〇円札に化けろ、化けろ」と命令してた（笑）。

開高　それはかわいいな。いい話だ。

吉行　僕の基本には、ずっとそういう感じがあるわけ。

「戦争中の話だけど」という一言によって、このエピソードの面白さは倍加する。そのころの氏は静岡高校（旧制）生か、東京帝大に入ったばかりのはずである。軍国主義の時勢にもかかわらず、などということを強調すると野暮になるから、それはやめよう。氏自身、「僕の基本」といっているのだから、それをさらりと信じたい。開高氏はその言葉をうけて、「なるほどなるほど、大人の童話だ」といっている。たあいなく明快で明朗で単純だが切実、これこそが童話の基本と思えてくるのである。

吉行氏はしばしば、夢を見るとそれだけ得したような気持ちになる、ということをいっている。現実もときに夢のように思え、過ぎてみればすべてこれ夢幻という感じ方もある。夢とうつつの境目は常にあいまいであり、ときに相互に浸透しあって芳醇《ほうじゅん》な言葉を紡《つむ》ぎ出す。美酒、美女とめぐりあう夢を見て、これを得したと観ずることができれば、逆に貧乏、病苦その他の厄介事も、半ば夢かとやりすごすこともできるはずである。

この対談の最大の魅力と美徳の源泉は、どうやらそのへんにありそうである。そして、その美徳の半ば近くは、両氏が永年つきあってきた幻の美酒に由来するといってよいのではあるまいか。もちろん残りの半ばが、両氏の人格、才能によることはいうまでもない。世俗的ないい方をすれば、ご両者とも相当な貧乏を経験しているようだが、いっこうに貧乏が身につかないのである。豊かな社会の若者たちに一言いっておきたいのだが、それは実に得がたい美質なのである。

人徳、酒徳あい半ばするとしても、ここではとりあえずまず、酒徳について触れておこう。

開高　（前略）ひどいときは僕は頭のなかで、寝ながら小説書いているときがある。

吉行　あるある。

開高　それで、目がさめると、空夢だと。ああ、われながらほれぼれするような文章が書けたというときやらね。それからどうしても作品で解決できなかった問題が頭のなかで見事に解決できて、あっ、気持ちいいと思って目がさめたら、なんだ夢だったのかとかね。途端に忘れちゃうという悲劇を味わいますが、頭のなかで文章を書いていますよ。

吉行　迎え酒というのはどうなんだろうね。

そこで迎え酒をしたとて、この悲劇ばかりはどうしようもない。迅速に消え去るのみ。けれども男たちは、あのつかのまの至福を期待してまた酒を飲む。

男女平等の世の中だから、女性の酒豪もけっこう多かろう。しかし、まだ女性がこの対談の如くに融通無碍《むげ》、自由自在に酒と人生を語ったものは見当たらない。なぜなのかについて、男の側からの推論はいろいろあるのだが、なにも結論を急ぐことはない。女性自身が語り出すのを待つことにしよう。

それにしても、この本を読んで痛感することの一つは、再びいうが、男というものが、じつに妄想する動物であるという一事である。酒をきっかけにして、その妄想は森羅万象におよぶといっていいほどである。当節、飲酒は完全に男女平等になったかに見えるが、まだその妄想力において、男の側に一日の長がありそうである。ついでに予言しておくと、妄想力のキャパシティと品格とでもいったものが、性差確認の最後のトリデになるかもしれない。

開高健氏の妄想力の源泉には、地球儀規模の旅がある。ユーラシア大陸のあちこち、ヨーロッパ半島のほぼ全部、南北アメリカ大陸の縦断大旅行、それに悽惨《せいさん》なヴェトナム戦争、中東戦争、ビアフラ戦争の取材旅行がある。現代のヘロドトスといっても決して過言ではない。

一方、吉行淳之介氏の妄想力の源泉は何か。まず思い浮かぶのは種々の疾病《しっぺい》である。肺結核、ゼンソク、アトピー性皮膚炎、アレルギー体質、白内障……。病いというものを飼い慣らす精神力において、氏の右に出る者を捜すのはむずかしいだろう。その鍛錬において、内と外の境界、つまり皮膚感覚が鋭敏になるのは道理のようにも思える。そこにおいて氏は、人間規模の微細微妙な旅をつづけて今日に至っている。

この二人の旅人が、三夜にわたって行った対談が本書であった。テーマは「美酒について」であったが、話は当然、それぞれの旅路の蘊蓄《うんちく》を色濃く宿している。そして、その旅とて過ぎ去ってみれば、これすべて幻であったが如くで、男の悲哀のようなものが影をさす。妄想が新しい意味をおびてくるのは、その先である。このへんの事情を読みとっていくと、酒と人生が再びめぐり会う。

近年、開高氏はスイミングに精出して、積年の疲労で瓦解《がかい》寸前になっていた体調を整え、その姿、能力とも壮年前期に戻ったようである。かたや、吉行氏は、わずかに光しか感じなくなっていた視力を、人工水晶体移植手術によって回復し、いまや一・五の視力の持ち主になったという。

私はこの解説を書く一、二週間前に、偶然相次いで両氏と会った。ともに魔の年代をきり抜けた様子がありありと読み取れた。読者諸兄にそのことを報告して、ともに喜びたいと思う。

（昭和六十年十月、評論家）

この作品は昭和五十七年六月サントリー株式会社
から発行され、ＴＢＳブリタニカより発売された。

開高健著　パニック・裸の王様
芥川賞受賞

大発生したネズミの大群に翻弄される人間社会の恐慌「パニック」、現代社会で圧殺されかかっている生命の救出を描く「裸の王様」等。

開高健著　日本三文オペラ

大阪旧陸軍工廠跡に放置された莫大な鉄材に目をつけた泥棒集団「アパッチ族」の勇猛果敢な大攻撃！　雄大なスケールで描く快作。

開高健著　フィッシュ・オン

アラスカでのキング・サーモンとの壮烈な闘いをふりだしに、世界各地の海と川と湖に糸を垂れる世界釣り歩き。カラー写真多数収録。

開高健著　開口閉口

食物、政治、文学、釣り、酒、人生、読書……豊かな想像力を駆使し、時には辛辣な諷刺をまじえ、名文で読者を魅了する64のエッセー。

開高健著　地球はグラスのふちを回る

酒・食・釣・旅。——無類に豊饒で、限りなく奥深い〈快楽〉の世界。長年にわたる飽くなき探求から生まれた極上のエッセイ29編。

開高健著　輝ける闇
毎日出版文化賞受賞

ヴェトナムの戦いを肌で感じた著者が、戦争の絶望と醜さ、孤独・不安・焦燥・徒労・死といった生の異相を果敢に凝視した問題作。

開高健著
夏の闇
信ずべき自己を見失い、ひたすら快楽と絶望の淵にあえぐ現代人の出口なき日々——人間の《魂の地獄と救済》を描きだす純文学大作。

沢木耕太郎著
深夜特急（1〜6）
地球の大きさを体感したい——。26歳の〈私〉のユーラシア放浪の旅がいま始まる！「永遠の旅のバイブル」待望の増補新版。

山口瞳
開高健 著
やってみなはれ みとくんなはれ
創業者の口癖は「やってみなはれ」。ベンチャー精神溢れるサントリーの歴史を、同社宣伝部出身の作家コンビが綴った「幻の社史」。

吉行淳之介著
原色の街・驟雨
芥川賞受賞
心の底まで娼婦になりきれない娼婦と、良家に育ちながら娼婦的な女——女の肉体と精神をみごとに捉えた「原色の街」等初期作品5編。

吉行淳之介著
夕暮まで
野間文芸賞受賞
自分の人生と〝処女〟の扱いに戸惑う22歳の杉子に対して、中年男の佐々の怖れと好奇心が揺れる。二人の奇妙な肉体関係を描き出す。

日本百名山
読売文学賞受賞
旧い歴史をもち、文学に謳われ、独自の風格をそなえた名峰百座。そのすべての山頂を窮めた著者が、山々の特徴と美しさを語る名著。

太田

北海道から沖縄まで、日本全国の居酒屋を訪ねて選りすぐったベスト100。居酒屋探求20余年の集大成となる百名店の百物語。

太田和彦著

ひとり飲む、京都

鱧《はも》、きずし、おばんざい。この町には旬の肴と味わい深い店がある。夏と冬一週間ずつの京都暮らし。居酒屋の達人による美酒滞在記。

国木田独歩著

牛肉と馬鈴薯・酒中日記

理想と現実との相剋を越えようとした独歩が人生観を披瀝する「牛肉と馬鈴薯」、人間の孤独を究明した「酒中日記」など16短編を収録。

池波正太郎著

むかしの味

人生の折々に出会った〔忘れられない味〕。それを今も伝える店を改めて全国に訪ね、初めて食べた時の感動を語り、心づかいを讃える。

池波正太郎著

池波正太郎の銀座日記〔全〕

週に何度も出かけた街・銀座。そこで出会った味と映画と人びとを芯に、ごく簡潔な記述で、作家の日常と死生観を浮彫りにする。

池波正太郎著

江戸の味を食べたくなって

春の浅蜊、秋の松茸、冬の牡蠣……季節折々の食の喜びを綴る「味の歳時記」ほか、江戸の粋を愛した著者の、食と旅をめぐる随筆集。

対談《たいだん》 美酒《びしゅ》について

—人はなぜ酒を語るか—

新潮文庫 か－5－12

昭和六十年十一月二十五日 発行
平成二十年八月二十五日 十四刷改版
令和六年三月十日 十九刷

著者 開《かい》高《こう》健《たけし》
吉《よし》行《ゆき》淳《じゅん》之《の》介《すけ》

発行者 佐藤隆信

発行所 株式会社 新潮社

郵便番号 一六二—八七一一
東京都新宿区矢来町七一
電話 編集部(〇三)三二六六—五四四〇
読者係(〇三)三二六六—五一一一
https://www.shinchosha.co.jp

価格はカバーに表示してあります。

乱丁・落丁本は、ご面倒ですが小社読者係宛ご送付ください。送料小社負担にてお取替えいたします。

印刷・TOPPAN株式会社 製本・株式会社大進堂

ISBN978-4-10-112812-2 C0158